Remco Campert
Eine Liebe in Paris

Remco Campert

Eine Liebe in Paris

Roman

Aus dem Niederländischen von
Marianne Holberg

Arche

Der Autor erhielt für *Een liefde in Parijs*
ein Stipendium der Schrijversvereniging De Bezige Bij.
Die Übersetzung erscheint mit freundlicher Unterstützung des
Nederlands Literair Produktie- en Vertalingenfonds.

1. Auflage Juli 2005
2. Auflage September 2005

Die niederländische Originalausgabe erschien 2004
u. d. T. *Een liefde in Parijs*
bei Uitgeverij De Bezige Bij, Amsterdam

Umschlag: Max Bartholl, Frankfurt am Main,
unter Verwendung des Fotos *Nach dem Rennen* (1949)
von Jakob Tuggener
© Jakob Tuggener-Stiftung, Uster
Satz: Greiner & Reichel, Köln
Druck und Bindung: Clausen & Bosse, Leck
Printed in Germany
ISBN 3-7160-2345-0

Eine Liebe in Paris

1

Der Schriftsteller Richard Sanders stand vor dem Eingang eines Hotels an der Place du Panthéon. Über den weiten Platz, beherrscht von dem Monument, in dem die Asche der großen Franzosen ruht, blies ein rauher Märzwind.

Er war gerade erst in Paris angekommen. Von seinem Zimmer aus blickte man nicht auf den Platz, sondern in einen dunklen *cour*. Am Himmel trieben graue Wolken. Er packte schnell seinen Koffer aus, verließ das Zimmer, bestellte an der Rezeption ein Taxi und ging nach draußen, um auf das Taxi zu warten. Der Morgen war fast vorüber. Wirklich hell würde es heute nicht mehr werden.

Da kam sie vorbei, eine gut gekleidete, elegante Frau, wie man sie in Paris öfter sah als bei ihm zu Hause in Amsterdam. Er musterte sie flüchtig. Ende Vierzig, vielleicht Fünfzig, schätzte er automatisch, auf jeden Fall jünger als er. Kurzes schwarzes Haar, ein schönes, blasses Gesicht mit einem kleinen, verlockenden Mund. Im Vorbeigehen blickte auch sie ihn kurz an. Auf ihrem Gesicht erschien ein ungläubiges Lächeln, sie blieb stehen und sagte: »Rik?«

Sie nannte ihn bei dem Namen, den er früher benutzt hatte, in einer Phase seines Lebens, als er »Richard« zu feierlich fand, zu gesetzt. Er entsprach nicht jener Vitalität, die er damals in sich verspürte. Nie hatte er ein Richard werden wollen, ein erwachsener Mann, der sich mit der Gesellschaft ausgesöhnt hatte.

Er versuchte, die Frau, die ihn jetzt erwartungsvoll anblickte, in seiner Erinnerung wiederzufinden. Situationen, zu denen ihr Gesicht gehören könnte, Räume, Straßen – er ließ sie alle Revue passieren, aber sie paßte nirgends hinein.

»Du weißt nicht, wer ich bin, nicht wahr?« fragte sie.

Ihre Stimme klang weder vorwurfsvoll noch gekränkt. Sie stellte eine Frage, die zugleich eine Feststellung war.

»Es ist schrecklich«, sagte Richard beinahe beschämt. »Mein Gedächtnis …«

»Es ist lange her«, sagte sie wie zum Trost, als sie seinen gequälten Blick sah. Aber sie hatte ihn erkannt.

Gab ihre Stimme einen Hinweis? Sie klang heiser, und er hatte eine Schwäche für heisere Stimmen. Sie sprach mit leichtem (französischem?) Akzent, aber das brachte ihn nicht weiter.

Allerdings sah er Bilder vor sich, die auf den ersten Blick nichts mit ihr oder mit ihm zu tun hatten, wie sie da in dem noch grauer werdenden Licht auf der Place du Panthéon standen.

Er sah einen Kanal in einer flachen holländischen Landschaft, Wolken spiegelten sich im Wasser, in der Ferne eine Eisenbahnbrücke. Hatte er das jemals in Wirklichkeit gesehen? Oder war auch das keine Erinnerung? Hatte er überhaupt an einem windigen Tag, an dem ab und an die Sonne durchbrach, am Ufer dieses Kanals gestanden?

Oft schienen sich Richard Bilder aus einer anderen Wirklichkeit aufzudrängen. Sie meldeten sich ohne sein

Zutun. Als fände tief in seinem Unterbewußtsein eine nicht enden wollende Vorstellung statt, von der er in Augenblicken, die er sich nicht aussuchen konnte, einen Abglanz zu sehen bekam.

Die meisten Bilder verschwanden ebenso schnell wieder, wie sie gekommen waren. Mitunter blieb eines hartnäckig hängen, als wollte es ihm etwas deutlich machen. Das gab dann Stoff für ein Gedicht oder für eine Erzählung.

»Aber *Sie* erinnern sich an mich«, sagte Richard, zurück im Hier und Heute.

»Ich habe anscheinend keinen großen Eindruck gemacht«, sagte sie neckend.

»Nein, nein, es ist mein Gedächtnis. Ich vergesse sogar den Geburtstag meiner Frau. Unverzeihlich. Sagen Sie mir Ihren Namen, bitte.«

Idiot! Warum erwähnte er seine Frau? Aus Selbstschutz?

»Nur, wenn du nicht mehr Sie zu mir sagst.«

»Entschuldige.«

»Sacha Lefort. Aber als wir uns kannten, hieß ich noch Sacha van Munster. Das sagt dir auch nichts, wie ich sehe.«

»Lebst du in Paris?«

»Schon seit Jahren. Aber von hier kennst du mich nicht.«

»Hilf mir.«

»Und wozu?«

Trotz des lockeren Tons, in dem sie miteinander redeten, war ihm, als handle es sich um ein sehr ernstes Gespräch.

»Du kannst mich nicht so zurücklassen. Ich werde an nichts anderes mehr denken können.«

»Die Idee gefällt mir.«

Aus der Rue Soufflot kam ein Taxi, das vor dem Hotel hielt.

»Mein Taxi«, sagte Richard.

»Ich will dich nicht aufhalten.«

»Warte doch eben, bitte«, flehte Richard. Er ging zum Taxi und bat den Fahrer um etwas Geduld.

Sacha Lefort war langsam weitergegangen. Mit ein paar raschen Schritten holte Richard sie ein.

»Sacha ...«

»Wir sind uns auf der Straße begegnet. Eigentlich genau wie jetzt.«

»Bin ich da auch hinter dir hergelaufen?«

Sie lächelte und schüttelte den Kopf.

»Ich bin zu alt für Rätsel. Wo war es?«

Vom dunklen Himmel fiel plötzlich eine Mischung aus Regen und nassem Schnee auf den Platz. Sie griff in ihre Tasche und holte einen Faltschirm heraus.

»In Antwerpen. Am Botanischen Garten in der Leopoldstraat. Ich muß jetzt wirklich gehen.« Während sie den Schirm aufspannte und ihn den Windstößen und dem Regenschauer entgegenhielt, lief sie schnell weiter. Er blieb verwirrt zurück. Noch einmal konnte er doch kaum hinter ihr herlaufen.

Er blickte ihr nach, bis sie um die Ecke verschwunden war, und versuchte, in ihrem Gang etwas von früher wiederzufinden (war sie ihm schon einmal davongelaufen?). Dann stieg er eilig ins Taxi.

»Editions Mondial. Rue de Verneuil.«

Der Taxifahrer, ein aufgedunsener Mann in einem grauen ausgeleierten Pullover, nickte kurz. An der Scheibe klebte das Farbfoto einer Frau mit zwei Kindern. Die Frau wirkte traurig, die Kinder, ein Junge und ein Mädchen, zogen beleidigte Gesichter, als machten sie ihrem Vater Vorwürfe.

Während das Taxi wendete und rechts in den Boulevard Saint-Michel einbog und der Taxifahrer sich über das schlechte Wetter beklagte, dachte Richard an die Zeit in Antwerpen zurück. Es war eine Phase seines Lebens, an die er sich ungern erinnerte. Kurz gesagt, er war immer betrunken gewesen, und die Frau, mit der er zusammenlebte, verließ ihn schon bald. Ob das eine die Folge des anderen gewesen war oder umgekehrt, wußte er nicht.

Er sah die Leopoldstraat vor sich, das Krankenhaus, das Gitter entlang dem Botanischen Garten, die Antiquitätenhändler und Modegeschäfte gegenüber, das Theater am Ende der Straße.

Es war Sommer, acht Uhr morgens, die Straßenbahnschienen glänzten im Sonnenlicht.

Rik kam aus dem Krankenhaus, wo man ihn in der Notaufnahme verbunden hatte. In einem Café, in dem bis weit in den Tag hinein Nacht herrschte, hatte ihm jemand, der keine Holländer mochte, ein Bierglas ins Gesicht gedrückt. War Sacha dabeigewesen?

Jetzt fuhr er an der Seine entlang, auf dem Quai des Grands Augustins. Der Taxifahrer saß über den Lenker gebeugt und schaute angestrengt durch die hin- und herpeitschenden Scheibenwischer.

2

Editions Mondial war ein kleiner Verlag, der sich auf Reiseführer spezialisiert hatte, was genügend einbrachte, um daneben ein feines literarisches Programm herauszubringen.

Das Büro lag im Innenhof eines alten Stadtpalais, einst bewohnt von einer vornehmen Familie, jetzt aufgeteilt in zahllose kleine Appartements, in denen Menschen lebten, die einander nicht kannten.

Richard meldete sich an der Rezeption. Gleich darauf lief er durch einen endlos langen Flur, vollgestapelt mit Büchern. Sie erweckten den Eindruck, als würden sie diesen Ort nie mehr verlassen. Auf einigen Stapeln standen Gläser und Kaffeetassen.

Alain Mitron, der Verleger, saß an seinem Schreibtisch und telefonierte, als Richard eintrat. Er winkte ihm zu und deutete auf einen Stuhl. Er war jung, groß und dünn. Mitten auf seinem kahlen Schädel prangte eine hochgeschobene Sonnenbrille. Schnell beendete er das Gespräch, kam um den Schreibtisch herum und umarmte Richard, wobei ihm seine Sonnenbrille auf die Nase rutschte.

»Richard, *my friend, there you are.*«

Jedesmal, wenn er Richard sah (dies war jetzt das dritte Mal), erprobte er sein Englisch an ihm.

»Das war die Assistentin von Pivot«, sagte er und zeigte auf das Telefon. »Ich tu mein möglichstes, um dich in seine Fernsehsendung zu bekommen.«

»Und – klappt es?«

»Bernard hatte noch keine Zeit, *L'art d'oublier* zu lesen. Er läßt von sich hören. Erzähl, hattest du eine angenehme Reise?«

Einer der Gründe, die Richard Sanders nach Paris geführt hatten, war das Erscheinen der französischen Übersetzung seines Buches *Die Kunst des Vergessens*, einer Sammlung poetischer Prosatexte, oft nicht länger als eine Seite. Es war ein Genre, das in den Niederlanden immer mit einigem Mißtrauen betrachtet wurde (bekam man auch was für sein Geld?), aber in Frankreich mühelos ankam. Aus diesem Anlaß würden Interviews mit ihm organisiert werden, ein Auftritt bei Pivot und natürlich eine öffentliche Präsentation mit Pressefotografen, hatte Alain geschrieben.

»Ich habe eine Überraschung für dich«, sagte Alain strahlend. »Die Buchpremiere wird in der Galerie Delano stattfinden, während der Vernissage deines Freundes Tovèr.«

Die Ausstellung war ein weiterer Grund, weshalb Richard in Paris war. Mit Tovèr, der eigentlich Ton Verstrijden hieß, sich aber schon in der Schule einen Künstlernamen zulegte, hatte er während der ersten vorsichtigen Anfänge seines Schriftstellerdaseins eine Zeitlang in Paris zusammen gewohnt. Mittlerweile war Tovèr berühmt geworden. Daß er Tovèr kannte, hatte er Alain einmal bei einem Essen in Amsterdam erzählt, und der hatte sich das offensichtlich gemerkt.

»Aber jetzt willst du natürlich dein Buch sehen!« sagte Alain. Er nahm eines von dem kleinen Stapel, der auf seinem Schreibtisch bereitlag, und überreichte es Richard feierlich, der es mit der gebührenden Dankbarkeit und Begeisterung entgegennahm.

»Es sieht gut aus. Schöne Schrift.«

»Wie findest du den Umschlag?«

Der Umschlag zeigte das Foto einer nackten Frau, die halb hinter einer durchsichtigen grauen Wolke verborgen war.

»Gut. Aber warum eine nackte Frau?«

»Es geht um die Wolke«, sagte Alain, während er eine Flasche Champagner aus dem kleinen Kühlschrank hinter sich nahm.

»Die Wolke steht für Vergessen. Auf dem ersten Entwurf war eine Landschaft, aber die sprach nicht an. Eine nackte Frau erregt immer Aufmerksamkeit. Außerdem kommt sie in deinem Buch vor.«

»Bist du sicher?«

Alain blätterte im Buch, bis er die Textstelle gefunden hatte.

»Un nuage gris cachait son corps.«

»Das hatte ich vergessen«, sagte Richard.

Er ging in Antwerpen über die Suikerrui in Richtung der Hafenkneipen an der Schelde. Es war zehn Uhr abends, ein gemeiner Wind fegte durch die Straßen, die so gut wie verlassen dalagen. Irgendwo in einem Teil seines Gedächtnisses, vor den sich graue Wolken geschoben hatten, mußte Sacha van Munster zu finden sein.

Zum Lunch gingen sie in ein Restaurant um die Ecke, in der Rue du Bac. Unten in der Toilette besah er sich das Exemplar von *L'art d'oublier* noch einmal. Wirklich zufrieden war er nicht. Ästhetisches Wortgeklimper, dachte er verdrossen, vor allem im Französischen. Es wäre ihm lieber gewesen, wenn Alain einen seiner Romane verlegt hätte, aber darauf war Alain nicht eingegangen. Zuerst *L'art d'oublier*, gleichsam zur Einführung von Richards Namen. Im Jahr 2000 würde er mit einer Romanreihe beginnen. Reisten die Figuren in Richards Romanen?

Vergessen war keine Kunst, eher eine Schwäche. Oder eine feige Flucht ins Nichts. Diese Sucht, nichts zu bewahren, um immer wieder unbelastet aufs neue beginnen zu können, würde ihn auf die Dauer zugrunde richten. Wenn er irgendwann auf dem Sterbebett lag und keine Zukunft mehr vor sich hatte, woran sollte er dann, bar aller Erinnerungen, noch denken?

Würde er in diesen letzten Augenblicken Bilder vor sich sehen, und wenn ja, welche? Die Angst, mit dem falschen Bild vor Augen vom Tod überrascht zu werden, schnürte ihm die Kehle zu. Es wäre ein bitterer Abschluß seines Lebens. Niemand würde wissen, was er sah, und er hätte keine Chance mehr, das Bild zu korrigieren.

Beim Händewaschen betrachtete Richard sich im Spiegel. Er sah ein müdes altes Gesicht und dünne graue Haarsträhnen, die am Schädel klebten. Davon, daß er einmal jung und für manche Leute sogar anziehend gewesen war, konnte er in diesem vom Leben gezeichneten Gesicht nichts mehr entdecken.

Dennoch mußte irgendwo in seinem Gesicht noch etwas von früher sein, denn schließlich hatte Sacha ihn erkannt. Wahrscheinlich gehörte es nicht zu seinen Stärken, sich selbst einmal kritisch zu betrachten. Oder war es, im Gegenteil, unversehens längst Zeit, und er täte gut daran, sich zu beeilen?

Im Vorraum zu den Toiletten telefonierte ein Mann in einem zerknautschten Sommeranzug, um den Hals einen zartvioletten Schal. Sein langes blondes Haar hing ihm ins Gesicht, auf seinen blassen Wangen waren rote Flekken, wie mit Rouge gemalt. Er hatte einen Dreitagebart. Der schale Geruch von Rotwein umgab ihn.

»No, I told you, my credit card was stolen in the metro«, sagte der Mann mit verzweifeltem Nachdruck, als Richard an ihm vorbeiging und die enge Steintreppe hinaufstieg, die ihn ins Restaurant zurückbrachte.

Noch keine vierzig, dachte er.

Seit Richard sechzig geworden war, taxierte er automatisch bei jedem, dem er begegnete, dessen Alter. Immer mehr Menschen waren jünger als er. Ihre Zahl würde nur noch zunehmen, bis sie ihn am Ende alle zusammen über die Kante stießen. Inzwischen las er voller Hingabe Todesanzeigen. Auch unter den Verstorbenen gab es manchen, der jünger war als er. Wenn er eine solche Anzeige las, konnte er ein Gefühl der Zufriedenheit nicht unterdrücken: Den hatte er wenigstens überlebt.

Aber die meisten waren in einem Alter, das jetzt auch für ihn in greifbarer Nähe lag. Lange war ihm das Leben endlos erschienen. Er hielt die Zügel der Zeit fest in der Hand und konnte sie, ohne die Kontrolle zu verlieren, unbegrenzt schleifen lassen. In einem unbemerkten Augenblick aber hatte er die Kontrolle verloren. Die Zeit hatte sich von ihm befreit und raste ungebändigt, wohin sie wollte. Ein Ereignis, von dem Richard meinte, es läge ein Jahr zurück, war in Wirklichkeit schon vier oder acht Jahre her. Die Rollen waren vertauscht: Jetzt spielte die Zeit mit *ihm*.

Das Stimmengewirr der Gäste im Restaurant, übertönt von den Rufen der Kellner, die auf dem Weg zur Küche lautstark ihre Bestellungen aufgaben, munterte ihn auf. Nichts war von einer solchen Vitalität wie die Stunde des Lunch in Paris. Er bewunderte es, mit welcher Effizienz das Personal arbeitete. Jede Sekunde war ausgenutzt, nie stand jemand müßig herum, und doch herrschte keine Hektik. Die Gäste schienen geradezu übereinander an den viel zu kleinen Tischen zu sitzen, deren Größe seit Ewigkeiten gleichgeblieben war, aber saß man einmal, dann paßte alles ausgezeichnet, auch für große Nordländer.

Sein Verleger hatte einen Stammplatz. Schon Alains Vater, der seinem Sohn die Leitung des Verlags übertragen hatte und jetzt seinen Lebensabend in der Provence verbrachte, war hier Gast gewesen. Stammplätze, Gewohnheiten, an denen nicht zu rütteln war, Richard hatte in seinem eigenen Leben nie viel dafür übrig gehabt, aber hier genoß er es und fühlte sich eingebunden in ein System, das durch seine Unverrückbarkeit Geborgenheit ausstrahlte.

Während Alain den Wein kostete, sah Richard hinter ihm im Spiegel den Engländer die Treppe heraufkommen. Er bahnte sich schwankend, indem er hier und da an einer Stuhllehne oder der Schulter eines irritiert hochblickenden Gastes Halt suchte, seinen Weg zum Ausgang. Auch Alain folgte ihm mit den Augen, und Richard sah ihn erleichtert aufatmen, als der Engländer die Tür des Restaurants hinter sich schloß.

»Kennst du ihn?« fragte Richard.

Alain nickte mißmutig.

»Christopher Burns, einer meiner Autoren. Wenn Engländer anfangen zu trinken, finden sie kein Ende.«

»Was schreibt er?«

»Ich habe nur ein Buch von ihm herausgebracht, *Un amour à Hongkong*. Es ist vor einem halben Jahr erschienen. Seitdem hängt er hier rum.«

»Verkauft es sich?«

Alain verzog das Gesicht.

»Man hat ihm die Kreditkarte in der Metro gestohlen«, sagte Richard.

Alain hob vielsagend die Schultern.

»Das sagt er, ja.«

»Glaubst du ihm nicht?«

»Lassen wir das. Die *rognons de veau* sind hier sehr gut.«

»Das Essen in Frankreich ist immer gut.«

»Schön wär's«, sagte Alain. »Es wird immer schlechter. Die besten französischen Köche verschwinden nach Amerika. Da verdienen sie mehr. Das amerikanische Geld vergiftet alles. Europa ist verloren. Eine intellektuelle Diskussion findet nicht mehr statt. Die Politik wird von zweitrangigen Figuren bestimmt. Seit Jahren breitet sich Resignation aus. Amerika hat uns kaputtgemacht.«

»Ihr seid schon immer gegen Amerika gewesen.«

»Die Amerikaner sind auf dem Weg zur Weltherrschaft. Und auf diesem Weg werden sie eines Tages stolpern, das lehrt uns die Geschichte. Das Chaos, das dann entsteht – davon kann sich kein Mensch eine Vorstellung machen.«

Vor Richards Augen erschien das Bild einer Straße, voller Schlamm und Pfützen, die auf der einen Seite von einer hohen Fabrik- oder Gefängnismauer, auf der anderen von einer endlosen Müllhalde begrenzt war, wie in Dritte-Welt-Ländern. Es war Nacht. Grelles Scheinwerferlicht beleuchtete die Szene. Sie ähnelte einem Filmset. Nur die Schauspieler fehlten.

Nach dem Lunch lief er über den Boulevard Saint-Germain zurück in Richtung seines Hotels. Es regnete nicht mehr, aber der kalte Wind hatte freies Spiel und zerrte an seinen Kleidern. Die vorbeifahrenden Taxis waren ausnahmslos besetzt. Dies war die Stunde, um mit einer Freundin ins Bett zu gehen. Er dachte an Sachas kleinen Mund.

In der Rue Hautefeuille kam er an einem Kino vorbei, an das er sich noch von früher her erinnerte. Die Nachmittagsvorstellung fing gerade an. Er kaufte sich eine Karte und ging hinein. Es lief ein südamerikanischer Film, in dem sich ein Kind aus den Slums einer Großstadt auf die Suche nach seinem verschwundenen Vater machte, der irgendwo auf dem Lande wohnen mußte, während sich gleichzeitig der Vater auf die Suche nach seinem im Stich gelassenen Kind machte. Unterwegs kreuzten sich ihre Wege, ohne daß sie es wußten. Es war eine rührselige Geschichte, und Richard mußte sich denn auch ein paarmal die Tränen aus den Augen wischen.

3

Als Richard zwanzig war und sich noch Rik nannte, hatte er ein Jahr lang mit seinem Freund Tovèr im *quartier* hinter dem Panthéon zusammen gewohnt. Für junge Leute mit künstlerischen Ambitionen war es in jener Zeit selbstverständlich, daß man nach Paris ging. Nur diese Stadt bot den Nährboden für das eigene Talent und den eigenen Ehrgeiz. Viele berühmte Künstler waren ihnen vorangegangen.

In ihrem ersten Winter war die große Pfütze neben dem Panthéon zugefroren. Das Eis schmolz erst, nachdem das Frühjahr sich schon seit Wochen auf dem Kalender angemeldet hatte. So lange blieb es hartnäckig liegen, wohl wegen des scharfen Windes, der ständig in dieser Ecke des Platzes wehte, und vielleicht auch wegen der ewigen Kälte der großen Toten, die im Panthéon beigesetzt waren.

Jedesmal, wenn er an der Eisfläche, die im Sonnenlicht glitzerte, vorbeikam, rief das Bild flüchtig die Erinnerung an die Winterfreuden auf den zugefrorenen Kanälen der Niederlande wach, des Landes, das er für immer verlassen zu haben glaubte. Seine Jugendträume schienen grenzenlos, sein Durchsetzungsvermögen dagegen, anders als das von Tovèr, begrenzt zu sein.

Gleich hinter der Eisfläche ging es abwärts zur Rue Cujas, wo die Freunde manchmal das Postamt aufsuchten, um einen Brandbrief an Tovèrs Eltern zu schicken, die im Gegensatz zu dem, was von Riks Familie übriggebliebe war, ihren Sohn im Notfall unterstützten.

Danach wärmten sie sich ein paar Häuser weiter in einem Café auf, Treffpunkt südamerikanischer Studenten und Künstler im Exil. Das Café wurde von einem Kanonenofen geheizt; die Fenster waren beschlagen, so daß man von draußen nie sehen konnte, ob viele oder wenige Menschen da waren, aber meistens drängten sich dort, in aufgeregte Diskussionen verwickelt, Leute ihres Alters, alle mit Bart, hinter Sonnenbrillen versteckt. Tovèr und Rik wußten damals noch nicht, daß Paris auch eine politische Stadt war und daß in dieser lärmenden Menge zukünftige Präsidenten und Diktatoren waren.

Im Stehen tranken sie einen *café crème* an der Theke und aßen ein hartgekochtes Ei. Während sie das Ei aufklopften, blickten sie sich an und rezitierten die erste Zeile eines Gedichts von Jacques Prévert: *»Il est terrible / le petit bruit de l'œuf dur cassé sur un comptoir d'étain / il est terrible ce bruit / quand il remue dans la mémoire de l'homme qui a faim.«*

Anschließend gingen sie die Straße weiter abwärts zu ihrem Arbeitsplatz, ins Café Dupont auf dem Boulevard Saint-Michel. Sie setzten sich hinten in den großen Raum, wo sich auch die französische Künstlerjugend herumtrieb und wo die Kellner einen in Ruhe ließen. Rik schrieb seine Gedichte in ein billiges Heft mit kleinen blauen Karos, das er auf der anderen Straßenseite in dem riesigen Schreibwarengeschäft Gibert gekauft hatte. Im selben Laden versorgte Tovèr sich mit Skizzenblocks und füllte sie mit tropischen Blumen, denen nackte Rubens-Schönheiten entsprossen, bedrängt von kleinen, geilen Männlein.

Gemeinsam bewohnten sie ein winziges Zimmer in einem schmalen, nahezu verfallenen Haus mit drei Stockwerken. Das Mobiliar bestand aus ein paar Küchenstühlen und einem Tisch vor dem Fenster, an dem sie arbeiteten, wenn sie kein Geld hatten, ins Dupont zu gehen. Das Bett, das den größten Teil des Zimmers einnahm, teilten sie sich. Morgens erwachten sie mit einer Erektion, die sie vor dem anderen zu verbergen versuchten. Sie wuschen sich am Ausguß in der kleinen Küche. Kaffeewasser wurde auf einer elektrischen Kochplatte heiß gemacht. Die Toilette, ein Loch, über das man sich hinhocken mußte, lag auf halber Treppe. Das Haus war im achtzehnten Jahrhundert gebaut worden, und seitdem hatte niemand mehr etwas daran getan, außer daß es irgendwann zwischen den beiden Weltkriegen mit Elektrizität versorgt worden war. Wenn sie die Kochplatte benutzen wollten, mußten sie das Licht, eine von der Decke herabbaumelnde Birne, ausmachen, sonst brannten die Sicherungen durch. Wollten sie das einzige Fenster öffnen, um frische Luft hereinzulassen, schoben sie den Tisch beiseite. Tovèr und Rik standen am offenen Fenster, die Arme auf das geschnörkelte schmiedeeiserne Gitter gestützt. Es war Frühjahr, der Sommer lag schon in der Luft. Sie schauten den Mädchen nach, die unten auf der Straße vorübergingen, und stöhnten laut. Es dämmerte. In der kleinen Druckerei gegenüber wurde noch gearbeitet. Der Drucker, ein spanischer Emigrant, stand an der Presse, sein kahler Schädel glänzte im Licht einer Neonröhre. Er druckte vor allem Hochzeits-, Geburts- und Todesanzeigen und anarchistische Pamphlete. Sie träumten davon, irgendwann, wenn sie Geld haben würden, bei ihm ein Buch drucken zu lassen, mit Zeichnungen von Tovèr und Gedichten von Rik. Später würde es sehr viel wert sein.

Die Dämmerung wurde tiefer, Straßenlaternen flammten auf, Männer kamen von der Arbeit, das Café des Sports an der Ecke füllte sich. Sie gingen auf die Straße und kauften eine große Portion Pommes frites, die in eine Zeitung gewickelt wurde, zwei dicke rote Würstchen mit einem Klacks scharfem gelbem Senf und eine Flasche billigen algerischen Wein. Beim Abendessen in ihrem Zimmer fühlten sie sich glücklich und am rechten Platz. Sie hatten das Gefühl, zur internationalen Kunstszene zu gehören, deren Mittelpunkt Paris schon seit den zwanziger Jahren war. Mit Franzosen kamen sie kaum in Berührung. Die waren distanziert und überheblich und sprachen nur Französisch, aber wenn sie in ihrer Sprache angeredet wurden, taten sie, als würden sie einen nicht verstehen, und wandten sich ungeduldig ab. Es schien, als fühlten sie sich von den Ausländern bedroht, die sich auf englisch verständigten, der künftigen Weltsprache, während sie noch immer so taten, als sei das Französische die Weltsprache. Rik und Tovèr litten nicht darunter. Wer brauchte schon die Franzosen?

Abends gingen sie ins Kino, danach in einen Jazzkeller, wo ein Pianist spielte, den Rik aus Amsterdam kannte und der sie freihielt. Manchmal waren sie bei einem Bekannten von Tovèrs Vater, der in der niederländischen Botschaft arbeitete, zum Essen eingeladen. Sein Liebhaber, ein Senegalese, der im Ballett der Folies-Bergère tanzte, kochte für sie. Das Essen war scharf und exotisch, und Rik fühlte sich aufgenommen in die große

Welt. Der Bekannte von Tovèrs Vater bewohnte ein vornehmes Appartement in einem Stadtpalais in der Rue de Rivoli, von dem aus man auf die Tuilerien sehen konnte. Als Rik auf den in Laternenlicht und zarten Abendnebel gehüllten Park blickte, stellte der Hausherr sich neben ihn. »Schön, nicht wahr?« sagte er, und ganz kurz strich seine Hand über Riks Gesäß. »Paris ist eine Stadt für Dichter.« Er versuchte, Rik auf den Mund zu küssen, aber Rik drehte sein Gesicht weg, und der Kuß landete auf seiner Wange. Die Metrostationen waren schon geschlossen, als Tovèr und Rik das Haus verließen. Sie liefen an der Seine entlang durch die schwüle Nacht zurück in ihr *quartier*. Rik konnte sich nicht vorstellen, daß er je wieder in die Niederlande zurückgehen würde. In ihrem Zimmer nahm Tovèr seinen Zeichenblock, und Rik begann mit einem erotisch angehauchten Gedicht. Darin lief er über Boulevards, küßte in einem dunklen Kinosaal die Lippen einer *midinette* und ging schließlich am Alkohol zugrunde, ertrunken in Erinnerungen, die noch nicht die seinen waren. Es wurde hell, als sie schlafen gingen. Ein paar Stunden später stand Tovèr neben ihm am Bett. Die Zeichnungen, die er nachts produziert hatte, sogenannte *histoires sans mots*, bot er immer der Wochenzeitung *France Dimanche* an, wo der Bekannte von Tovèrs Vater »jemanden in der Redaktion kannte«. Er verkaufte drei davon und konnte sofort zur Kasse gehen. So begann Tovèrs Karriere. Zurück in ihrem Zimmer, weckte er Rik und zeigte ihm das Geld. Rik zog sich schnell an, und sie gingen zum Lunch in ein teures Restaurant gegenüber vom Luxembourg, wo sie viel Wein tranken. Danach liefen sie durch den

Park und schliefen auf Eisenstühlen am Rande des Wasserbeckens ein, wo Kinder unter den wachsamen Augen der Au-pair-Mädchen ihre Segelschiffchen fahren ließen. Als sie aufwachten, begann es zu dämmern. Die Kinder und die Au-pair-Mädchen waren verschwunden. Hinter den Freunden schloß der Parkwächter die Tore.

Mit Tovèr ging es aufwärts. Er verkaufte seine Zeichnungen jetzt auch an ein Modeblatt, und eine Galerie interessierte sich für ihn. Er hatte oft Verabredungen auf der *Rive droite*, wo die auf der *Rive gauche* lebenden Talente vermarktet wurden. Es war selbstverständlich für ihn, das verdiente Geld mit Rik zu teilen, aber Rik belastete das zunehmend. So konnte es nicht weitergehen, auf die Dauer würde das Geld ihre Freundschaft kaputtmachen. Er schrieb kurze Erzählungen, die er hin und wieder bei niederländischen Zeitungen los wurde, aber das brachte nicht viel ein. Gelegentlich vermittelte ihm der Bekannte von Tovèrs Vater schlecht bezahlte Aufträge, langweilige wirtschaftswissenschaftliche Broschüren, die er ins Niederländische übersetzte. Für Tovèr, der jetzt anfing zu malen, wurde das gemeinsame Zimmer zu klein. Auf dem Tisch am Fenster war kaum noch Platz für Rik. Auch wenn sie es nicht offen zugaben, ärgerten sie sich übereinander. Eines Tages sagte Tovèr, eine Galerie habe ihm ein Studio angeboten, das in ein paar Monaten frei würde.

»Es ist ein großes Atelier«, sagte Tovèr, »aber sonst ist da nicht viel Platz. Du kannst natürlich im Atelier schlafen, bis du etwas anderes gefunden hast.«

»Ich kann doch hierbleiben«, sagte Rik.

Tovèr schwieg.

»Du meinst, dafür habe ich kein Geld«, sagte Rik.

»Vielleicht gewinne ich den Hauptpreis in der Loterie Nationale.«

»Wer weiß«, sagte Tovèr, aber es klang nicht sehr überzeugt.

»Hör zu, Ton. Ich weiß, daß ich dir schon eine ganze Zeit auf der Tasche liege. Eigentlich hältst du mich aus. Ich werde dir alles zurückzahlen«, sagte Rik.

»Unsinn. Wir sind doch Freunde. Mal hat der eine Geld, mal der andere«, sagte Tovèr.

Solange Rik noch in Paris war, lebten sie weiter, als habe sich zwischen ihnen nichts geändert. Doch das war nur Schein. Ihre Freundschaft war nicht mehr dieselbe, und sei es auch nur, weil sie außer Tovèrs Geld kaum noch etwas miteinander teilten. Tovèrs neues Leben nahm ihn völlig in Anspruch. Er hatte jetzt Kollegen. Er wurde langsam heimisch in Paris, während Rik sich weiter treiben ließ. Als Tovèr für ein paar Tage mit einem französischen Maler in die Normandie reiste, wo dieser einen Bauernhof besaß, war es inzwischen selbstverständlich, daß Rik nicht mit eingeladen wurde. Trübsinnig blieb er allein zurück in Paris. Wieder war es Winter. In dem kalten Zimmer beendete er eine Übersetzung für die niederländische Botschaft und rief den Bekannten von Tovèrs Vater an, der ihn zum Essen ins Fouquet's auf den Champs-Elysées einlud. »Dafür habe ich nichts Passendes anzuziehen«, sagte Rik. Der Bekannte von Tovèrs Vater duldete keinen Widerspruch. »Wenn du willst, reserviere ich einen Tisch in einer dunklen Ecke. Zieh einfach dasselbe an wie neulich, als ihr bei uns wart. Das stand dir ganz entzückend.« Rik wußte nicht mehr, was er an jenem Abend getragen hatte. Natürlich spürte er, daß der Bekannte von Tovèrs Vater ihn nicht ohne Hintergedanken an jenen Abend erinnerte. Nach kurzem Zögern beschloß er, die Einladung anzunehmen. Was hatte er zu verlieren? Zum erstenmal in seinem Leben aß er Austern. Er trank teuren Wein. Er erzählte von seiner Sehnsucht, ein großer Dichter zu werden. Der Bekannte von Tovèrs Vater zitierte Rimbaud. *»L'étoile a pleuré rose au cœur de tes oreilles.«* Er legte seine Hand auf die von Rik und sagte, er könne ihm dabei behilflich sein. Er würde ihn Leuten vorstellen, auf die es ankam in Paris. Rik dachte an Tovèr, der jetzt die Sterne am Himmel über der Normandie betrachtete. Kerzenlicht flackerte, und sein Glas wurde wieder gefüllt. Er spürte kaum die Hand, die unter dem Tisch über seinen Schenkel glitt, aber was er spürte, ließ er zu. Sie standen draußen vor Fouquet's. Rik wollte, daß der Rausch, in dem er sich frei und unantastbar fühlte, andauerte. Der Bekannte von Tovèrs Vater nahm ihn mit in ein Hotel in einer der Straßen hinter den Champs-Elysées. Im Zimmer war es für Rik Ehrensache, sich selbst auszuziehen. Dann ließ er den Bekannten von Tovèrs Vater gewähren. Der Mann, der jetzt ein Fremder geworden war, schlief noch, als Rik ein paar Stunden später aufstand und sich in aller Stille hastig anzog. Es war noch dunkel. Schneidende Kälte drang durch seine Kleider. Wasser strömte in den Rinnsteinen. An der Straßenecke öffnete ein *tabac*, wo er mit zitternden Händen einen schwarzen Kaffee trank. Wirre Gedanken bestürmten ihn, von denen er keinen zu Ende dachte. Er nahm die erste Metro zurück in sein *quartier*. In seinem Zimmer schlief er sofort ein. Am späteren Nachmittag wurde ihm ein Strauß Rosen gebracht, den er abends in den Müll warf. Mitten in der Nacht kam Tovèr aus der Normandie zurück. Während Tovèr erzählte, wie wunderbar das Licht dort gewesen sei und daß der französische Kollege die irritierende Angewohnheit habe, sich den ganzen Tag zu räuspern und Mengen von Speichel zu produzieren, tranken sie zwei Flaschen Wein. Die hatte Tovèr mitgebracht, wohl weil er spürte, daß er Rik gegenüber etwas gutzumachen hatte.

»Ich habe dich vermißt«, sagte er. »Was hast du die Zeit über getan?«

»Ich habe die Übersetzung für die Botschaft beendet«, sagte Rik. »Und sonst, nun ja, ein bißchen rumgelaufen. Ein Gedicht angefangen. Sonst nichts.«

»Ist noch was passiert, während ich weg war?« fragte Tovèr.

»Die Schreibblocks bei Gibert sind zur Zeit vierzig Prozent billiger.«

Tovèr seufzte.

»Du mußt irgendwie Geld verdienen«, sagte er. Es lag etwas Ungeduldiges in seiner Stimme. »Kannst du nicht Korrespondent bei irgendeiner niederländischen Zeitung werden?«

»Ich verstehe nichts von Journalismus. Außerdem haben die alle schon ihre Korrespondenten.«

»Und doch müßtest du was versuchen«, sagte Tovèr. »Schreib für französische Zeitungen über die Niederlande.«

»Die wissen hier nicht einmal, daß es die Niederlande gibt. Die denken doch, daß van Gogh ein französischer Maler ist.«

»Ja, wenn du zu allem nein sagst …«

»Das ist es nicht, Ton. Ich will Geld verdienen mit dem, was ich gern tue, mit Dichten und Schreiben, so wie du mit Zeichnen und Malen. Du hast das Glück, daß Zeichnen und Malen von jedem verstanden wird, aber bei mir steht die Sprache im Wege.«

Tovèr begann, sich auszuziehen.

»Ich gehe jetzt ins Bett«, sagte er. »Wir reden morgen weiter.«

Rik wandte sich ab, als Tovèr sich auszog. Nochmals mit einem Mann in einem Bett zu schlafen, schon allein der Gedanke war ihm unerträglich. »Ich geh noch mal raus«, sagte er. »Was hast du vor?« fragte Tovèr, während er unter die Decke kroch. »Nachdenken«, sagte Rik. Er trat in die Nacht hinaus. Auf dem kleinen Platz vor dem Haus lag ein Clochard auf einem Lüftungsgitter der Metro. Es war die kurze Stunde, in der die Stadt schlief. Er ging über den Boulevard Saint-Michel in Richtung Seine. Bis auf einen kleinen dunkelblauen Polizeibus, in dem ein schwaches Licht brannte, lag der Boulevard verlassen da. Er atmete erleichtert auf, als er an dem Bus vorbei war. Die Pariser Polizei war kein Freund von Ausländern. Das Glücksrad unten am Boulevard, wo man eine Puppe, ein Pfund Zucker oder ein Lotterielos gewinnen konnte, war geschlossen. Wolkenfetzen zogen an dem abnehmenden Mond vorbei. Am Quai Saint-Michel stieg Rik die Treppe hinab zur Seine. Er ging weiter bis zu der Stelle genau gegenüber von Notre-Dame. Dort setzte er sich, den Rücken gegen die Quaimauer gelehnt, und sah der Wahrheit ins Auge. Er mußte zurück in die Niederlande. Ein Abfallboot der

Stadt Paris fuhr vorbei. Das Wasser schwappte gegen das Ufer. Nach einer Weile stand er auf und ging zurück zum Pont Saint-Michel. Die dunklen Umrisse der Gebäude auf der anderen Seite strahlten Unnahbarkeit aus. Die Stadt hatte sich von ihm abgewandt. Dies war seine zweite durchwachte Nacht. Die Cafés hatten noch nicht geöffnet, auch wenn hier und da Licht brannte. Vor dem geschlossenen Kiosk wurden Zeitungspakete deponiert.

Tovèr war schon auf, als Rik nach Hause kam. »Ich gehe zurück in die Niederlande«, sagte Rik, während er auf der Bettkante saß und auf den Kaffee pustete, den Tovèr gekocht hatte. Tovèr blickte ihn betroffen an, schien aber nicht wirklich überrascht.

»Wann?« fragte er.

»Heute«, sagte Rik. »Es hat keinen Sinn, es länger aufzuschieben.«

»Du kommst aber doch zurück?« fragte Tovèr, während er ein Blatt Zeichenpapier auf dem Tisch befestigte. Draußen war es hell geworden, und man konnte die eiligen Schritte der Menschen auf dem Weg zu ihrer Arbeit hören.

»Natürlich«, sagte Rik. »Sobald ich Geld habe.«

Sie aßen etwas im Le Rendez-Vous des Belges gegenüber von der Gare du Nord. Tovèr bot ihm an, seine Fahrkarte zu bezahlen.

»Ich habe noch Geld von der Übersetzung für die Botschaft«, sagte Rik.

»Wenn du meinst, daß du bald zurückkommst, würde ich eine Rückfahrkarte nehmen«, sagte Tovèr. »Die ist zwei Monate gültig.«

»Ich brauche noch Geld für Amsterdam«, sagte Rik.

Auf dem Bahnsteig, als der Zug schon anfuhr, drückten sie sich die Hand. Umarmen war noch nicht Mode unter Niederländern.

»Mach's gut«, sagte Tovèr. »Ich warte auf dich.«

Im Zug schlief Rik fast sofort ein. Er wachte erst auf, als der Zoll ihn an der belgischen Grenze weckte. Im Dunkeln fuhr er durch Belgien, Nachbarland, das er nicht kannte. Spät am Abend kam er in Amsterdam an. Er nahm die Straßenbahn zum Leidseplein. Wie bedrückend klein alles war. Er ging in ein Café, in dem sich, wie er wußte, seine Dichterfreunde trafen. Als das Café schloß, ging er mit einem Mädchen, das Bildhauerei an der Rijksakademie studierte, nach Hause. Über ein Jahr lebte er mit ihr zusammen. Nach und nach trat der Plan, sobald wie möglich nach Paris zurückzukehren, in den Hintergrund, aber er verließ ihn nie.

4

Es dauerte lange, bis Richard in seinem Hotelbett einschlief. Der Cognac, den ihm der Besitzer des vietnamesischen Restaurants in der Rue Saint-Jacques vorhin spendiert hatte, hämmerte in seinem Herzen. Das Restaurant hieß Saigon, und für einen Augenblick hatte er die Fernsehbilder vor sich gesehen, wie die Helikopter beim Fall der Stadt das letzte Personal vom Dach der amerikanischen Botschaft aufgelesen hatten. Verzweifelte Vietnamesen klammerten sich an die Kufen und ließen erst los, als die Helikopter in die Luft schwenkten. Dramatische Bilder. Wie viele Menschen erinnerten sich noch daran? Die Panik, die Verzweiflung, und das alles bei strahlendem Sonnenschein. Der Verrat gegenüber den Menschen, die zurückblieben. Die Politiker, die sich aus den von ihnen verschuldeten Katastrophen stets zu retten wußten. Wie Gangsterbosse fuhren sie in gepanzerten Wagen herum. Von Bodyguards mit Argusaugen bewacht, zeigten sie sich breit lächelnd der Welt. Sie kannten weder Bescheidenheit noch Scham. Die Schrecken, von denen die Welt, wie Richard sie erlebt hatte, heimgesucht wurde, müßten eigentlich ihre Spuren in seinem Werk hinterlassen, aber zu viel mehr als ein paar pathetischen Versen und dem bohrenden Gefühl des Versagens hatte er es nie gebracht. Wenn einst seine nachgelassenen Werke herausgegeben würden, müßte ein Band *Aufgegebene Werke* hinzugefügt werden.

Das Wetter war noch immer unfreundlich, als er nach dem Essen ins Hotel zurückging. Die Straßen, in denen es im Sommer von Menschen wimmelte, waren so gut wie verlassen. In einem Café in der Rue des Ecoles trank er, kurz bevor geschlossen wurde, noch einen *demi*. An der Theke unterhielt sich ein Mann mit dem Barkeeper. Auf dem Hocker neben ihm stand eine Einkaufstasche, aus der eine Katze herausschaute.

»Es ist nur für zwei Monate«, sagte der Mann. »Dann hole ich sie wieder ab. Ich gebe dir natürlich Geld fürs Futter.« Mit seinem Zeigefinger streichelte er die Nase des Tiers. Der Barkeeper preßte die Lippen zusammen und schüttelte den Kopf.

»Sie ist ein guter Mäusefänger«, beharrte der Mann.

»Wenn es nur an mir läge …«, sagte der Barkeeper. »Aber die Chefin ist allergisch gegen Katzen.«

Der Mann warf jetzt einen fragenden Blick auf Richard.

»Und Sie, Monsieur?« fragte er. »Wollen Sie sich nicht für kurze Zeit dieser Katze annehmen? Sie ist an Menschen gewöhnt und stubenrein. Sie ist eine gute Gesellschaft für einsame Abende.«

Hilflos lächelnd, schüttelte auch Richard den Kopf.

»Ich bin nicht von hier«, sagte er. »Ich bin Ausländer.«

»Ah, vous êtes touriste«, sagte der Mann enttäuscht.

Richard nickte. Mehr war er nie geworden in dieser Stadt.

Im Hotelbett sah er sich noch eine Fernsehsendung an, die wenig Trost brachte. Das französische Fernsehen wiederholte eine Unterhaltungssendung, in der unbekannte Nachwuchstalente ihr Bestes gaben, präsentiert von einer Begeisterung vortäuschenden Frau unbestimmten Alters mit eiskalten Augen. Mit der Hand in seiner Pyjamahose versuchte Richard, etwas Aufreizendes an den oft blutjungen Sängerinnen zu entdecken, aber die Mühe war vergeblich. CNN brachte eine Sendung für Geschäftsleute, immer wieder unterbrochen von Werbespots für Fünfsternehotels, darunter für das Hotel in Paris, in dem Tovèr wohnte. Morgen würde er wieder versuchen, ihn zu erreichen. Lesen war unmöglich. Die Schirmlampe auf dem Tischchen neben dem Bett gab zuwenig Licht. Nur im Badezimmer war das Licht hell. Hoteldirektoren schienen generell etwas gegen Leser zu haben. Er machte das Licht und den Fernseher aus und lauschte den Geräuschen der Nacht: ein gedämpftes Summen, von dem er nicht wußte, woher es kam, das Stöhnen des Aufzugs, der spät heimkehrende Gäste nach oben brachte, das Klicken, mit dem die Minibar ansprang, die Sirene eines Polizeiautos.

Nach und nach wanderten seine Gedanken zu dem wichtigsten Ereignis des zurückliegenden Tages: der Begegnung mit Sacha Lefort, die er unter dem Namen Sacha van Munster gekannt haben sollte. Vor Jahren. In Antwerpen, wo er einige Zeit gelebt hatte und in vielen fremden Betten gelandet war. Jede Nacht endete betrunken. Seine Freundin, die er aus den Niederlanden mitgebracht hatte, verließ ihn schon nach wenigen Monaten wegen eines Jazztrompeters, den auch Richard bewunderte und dessen Combo ein Engagement in einem Istanbuler Nachtclub bekam. Er war auf sich allein gestellt, niemand kümmerte sich um ihn, am wenigsten er selber. Seine Antwerpener Freunde, Maler und Dichter, waren alle trinkfest. Sie führten ein hermetisch abgeschlossenes Leben, in dem der Rest der Welt nicht existierte. Sie gaben kleine, üppig illustrierte Hefte heraus, die sie in den vielen Cafés der Innenstadt und am Ufer der Schelde feilboten. Eigentlich war Richard längst über diese Art von Literatur hinaus. In den Niederlanden hatte er bereits mit seinen Gedichten Erfolg, aber von Lyrik konnte man nicht leben. Am liebsten hätte er seine Gedichte verschenkt, aber diesen idealistischen Gedanken behielt er für sich. Er lebte vom Erlös seiner Erzählungen, die niederländische Zeitschriften abdruckten. Zweimal in der Woche schrieb er einen flotten Text für eine Antwerpener Tageszeitung. Er erhielt einen Lyrikpreis. Das viel zu große Herrenhaus aus dem neunzehnten Jahrhundert am Mechelsesteenweg kostete nach niederländischen Maßstäben beinahe nichts. Er verdiente genug Geld, um leben und trinken zu können. Und in klaren Augenblicken arbeitete er an einem Roman, mit dem er vor seinem plötzlichen Umzug nach Antwerpen fast von einem Tag auf den anderen begonnen hatte. Es fehlte eine gerade Linie in seinem Leben. Nur das Schreiben bot ihm Halt. Im übrigen war es, als liefe er über dünnes Eis ohne jede Aussicht, an das andere Ufer zu kommen. Dennoch belastete ihn das nicht, und er hätte auch nicht gewußt, weshalb. Er akzeptierte, was ihm widerfuhr, als Gegebenheiten eines Lebens, das als wichtige Augenblicke lediglich Geburt und Tod zu bieten hatte. Seine Geburt hatte er nicht bewußt erlebt, und er war sich sicher, daß er auch seinen Tod nicht bewußt erleben würde. Schreiben war das einzige, von dem er Anfang und Ende kannte. Schreiben war für ihn die Realität. Geliebte verließen ihn, wenn ihnen nach der ersten Verliebtheit klar wurde, daß nur das Schreiben ihn wirklich interessierte und sie immer auf dem zweiten Platz rangieren würden. Sie warfen ihm Egoismus vor. Sie weinten. Sie kratzten an der Mauer, die er dann um sich baute, um sein Schreiben zu schützen. Eine von ihnen richtete ihren Haß auf seine Arbeit und zerriß das Manuskript, an dem er gerade saß. Das kam einem Mordanschlag gleich. Aber er hatte eine Kopie.

Daß Richard nach Antwerpen zog, war zum Teil der halbherzige Versuch, nach Paris zurückzukehren. Dazu fehlte ihm noch immer das Geld, aber er wohnte nun wenigstens ein Stück näher. Doch die Schelde war nicht die Seine und De Keyserlei nicht die Champs-Elysées und die Lange Koeportstraat nicht der Boulevard Saint-Michel. Der Traum verließ ihn nicht, schien aber immer mehr dazu verdammt, ein Traum zu bleiben, je mehr sein Schriftstellerdasein ohne Paris feste Formen annahm. Tovèr, der sich einen Namen in der französischen Kunstszene erworben hatte, lebte seit kurzem in Südfrankreich. Im Sommer ließ er sich in Cannes mit Filmstars fotografieren. Nachdem Richard Paris verlassen hatte, schrieben sie sich zuerst oft, aber nach und nach wurden die Briefe seltener. Tovèr lud ihn nach Südfrankreich ein, aber Richard wußte nicht, was er dort sollte. Als Gast macht man sein Leben von einem anderen abhängig. Und Tovèr war für ihn unlösbar mit Paris verbunden, mit einem gemeinsam geteilten Anfang, in dem alles neu war, mit noch unbefleckten Ambitionen, mit einer Zeit, in der sie sich erlauben konnten, ohne Kompromisse zu leben, weil diese ihnen einfach noch nicht abverlangt wurden. Sie lebten ohne Prinzipien, in einem Idealzustand. Erst wenn Prinzipien sich melden, liegt der Kompromiß auf der Lauer. An Tovèr schrieb er zurück, er sei »mitten bei der Arbeit an einem Roman« und könne nicht fort. Als der Roman fertig war und ein Erfolg wurde, ging er nach Amsterdam zurück. Mit dem Geld, das ihm sein Buch einbrachte, konnte er es sich leisten, eine Wohnung an einer der kleineren Grachten zu mieten. Seit Ende des Zweiten Weltkriegs herrschte in den Niederlanden die fortschreitende Krankheit der Wohnungsnot. Die einzige Medizin dagegen war Geld. Bald nach seiner Rückkehr begegnete er Gerda, die seine Frau werden sollte.

Seine Antwerpener Künstlerfreunde litten an Melancholie, sie waren das Opfer einer alles verbarrikadierenden katholischen Jugend, aus der sie sich zu befreien suchten. Sie stammten aus der unteren Mittelschicht oder, einige wenige von ihnen, aus der Oberschicht, zumeist wallonischer Herkunft. Sie bekannten sich zu einer Antwerpener Version des Surrealismus, einer Kombination aus Bier, *Actes gratuits*, schwüler Erotik und im Selbstverlag herausgegebenen Büchern. Und im Hintergrund immer der Widerstand gegen die verhaßte Kirche. Mit seinem Freund Philippe de Walcourt, der sich auf seiner Visitenkarte Prinz der Dadaisten nannte, durchstreifte Richard die Nachtseite des Antwerpener Lebens, wo sich Künstler, Seeleute, leichte Mädchen und Legionäre mischten. Einmal, als ein berüchtigter belgischer Kardinal gestorben war, lud Philippe seine Freunde zu einem Freudenfest in sein abrißreifes Haus in der Innenstadt ein. Nach gemeinsamem Absingen der *Brabançonne* zündete er in dem riesigen Kamin ein Freudenfeuer an. Immer erneut wurde es mit seinem Hausrat angefacht. Der Schornstein konnte die wild auflodernden Flammen nicht bewältigen, und das Haus fing Feuer. Polizei und Feuerwehr waren rasch zur Stelle. Philippe wurde verhaftet, war aber am nächsten Morgen schon wieder auf freiem Fuß und hielt im Café am Hendrik Conscienceplein hof. Wie viele seiner Freunde hatte auch Philippe Beziehungen zu höheren Kreisen in der Verwaltung. Richard begriff: In Belgien konnte man ohne Beziehungen kaum existieren.

In diesem Milieu oder an dessen Peripherie mußte er Sacha van Munster begegnet sein. Mehr als nur flüchtig, sonst hätte sie ihn nicht angesprochen. Etwas war in ihrem Ton gewesen, das auf ein Vertrautsein hindeutete. Er hatte viele Freundinnen in Antwerpen gehabt, doch selten länger als eine Nacht. An die meisten erinnerte er sich nicht mehr. Er rief sich die Gedichte ins Gedächtnis, die er in jener Zeit geschrieben hatte. In keinem gab es eine Frau, keines war einer Frau gewidmet. Ja, doch, in einem lief ein Mädchen mit hochgesteckten Haaren durch die Zeilen. Er versuchte, sich dazu Sachas Gesicht vorzustellen und ihre heisere Stimme, wie er sie am Morgen im Regen gehört hatte, aber es weckte keine Erinnerung in ihm, jedenfalls keine aus jener Zeit. Allerdings mußte er plötzlich an ein Mädchen denken, in das er im letzten Schuljahr verliebt war, sogar ihr Name fiel ihm ein: Roosje. Die halbe Schule war in sie verliebt, aber sie war unerreichbar, sie ging mit einem Schlägertyp aus der obersten Klasse, Mitglied in einem Ruderclub. Man erzählte sich, daß sie »es machten«. Dennoch hatte sie Richard auf einem Schulfest am Arm gepackt und auf die Tanzfläche gezogen. Ihr warmer Körper drückte sich an ihn, ihre Lippen berührten flüchtig seine Wange. Der Schlägertyp stand gleichgültig mit einer Flasche Cola inmitten seiner Bewunderer am Rande der Tanzfläche, während Roosje ihr hochgestecktes Haar beim Tanzen mit einer Hand löste und den über seine eigenen Beine stolpernden Richard immer wilder über die Tanzfläche zog. Am nächsten Tag kannte sie ihn nicht mehr und verließ wieder in inniger Umarmung mit dem Schläger den Schulhof. Richard verbannte die Erinnerung an die Schule, die er gehaßt hatte, aus seinem Gedächtnis. Das war wirklich zu lange her, um sich damit noch herumzuquälen.

Er stellte sich sein Haus in Antwerpen vor, irrte durch die Flure und Zimmer, traf aber nirgends auf Sacha. Auch nicht in den Hafenkneipen an der Schelde. Und ebensowenig im Stadtpark, der in einem seiner Gedichte eine Rolle spielte. Dennoch, wenn etwas zwischen ihnen gewesen war, konnte er dort mit ihr herumgelaufen sein oder an einem warmen Sommertag im Gras gelegen und am Milchausschank des Parks ein Glas Milch getrunken haben. Sacha hatte die Leopoldstraat als Ort ihrer Begegnung genannt. Wenn er von seinem Haus am Mechelsesteenweg in die Innenstadt ging, und das geschah jeden Tag, kam er durch diese Straße. Links lag dann der Botanische Garten, dort könnten sie sich begegnet sein. Wie war das gewesen? Hatte er sie angesprochen? Sie ihn? Waren sie einander von einem Freund vorgestellt worden? Oder vielleicht von einer Freundin? Am Ende der Leopoldstraat lag rechts das Theater. Hinter dem Theater gab es einen schattigen kleinen Platz.

Dort hatte Richard manchmal ein befreundetes Ehepaar besucht, Stieneke und Jef. Wenn er tagsüber vorbeischaute, war nur Stieneke zu Hause mit dem Baby, das schlief oder auf dem Teppich herumkrabbelte. Jef arbeitete in einer Buchhandlung der Sozialistischen Partei, wo er ab und an einen Griff in die Kasse tat, um ein unregelmäßig erscheinendes anarchistisches Pamphlet finanzieren zu können. Stieneke war neunzehn oder zwanzig – so alt mußte auch Sacha damals gewesen sein. Stieneke hatte einen dicken Hintern und kleine Brüste. Wenn sie kam, quiekte sie wie ein Mäuschen. Mit zwölf hatte sie Ballettänzerin werden wollen, aber der Po war ihrer Karriere im Wege. Sie malte Miniaturstilleben mit Blumen, die sie für wenig Geld an Antiquitätenläden und Patisserien verkaufte. Wenn Richard vorbeikam, wischte sie ihre Pinsel ab, legte das Baby in die Wiege und gab sich dem fleischlichen Vergnügen hin. Sie war die unbekümmertste Geliebte, die Richard je gehabt hatte, einzig auf die Freuden der Lust gerichtet. Es war keine Liebe oder Besitzgier im Spiel, die die Sache hätten verkomplizieren können. Ihr Verhältnis endete, als Jef erwischt wurde. Man entließ ihn ohne viel Aufhebens. Aus Respekt vor Jefs Großvater, einem Mitbegründer der Sozialistischen Partei, hängte die Buchhandlung den Fall nicht an die große Glocke. Jef saß fortan zu Hause, versorgte das Baby und dachte über die Weltrevolution nach. Stieneke verdoppelte ihre Produktion und bekam von einer Ölgesellschaft den Auftrag für einen Kalender. Von dem Geld kaufte sie einen gebrauchten Amerikanerschlitten, in dem Jef sich mißmutig herumkutschieren ließ.

Sollte Richard den Spuren seiner flüchtigen Antwerpener Liebesaffären folgen, sofern er sich an sie erinnerte, um schließlich bei Sacha van Munster anzukommen? Mit dieser Frage schlief er irgendwann ein.

Um sieben Uhr wurde er vom Hotel geweckt. Er hatte abends darum gebeten. Weshalb so früh? Daß er Gerda in Amsterdam anrufen wollte, bevor sie zur Arbeit ging, hatte er vergessen. Er zog die Gardinen auf und schaute hinaus. Der Himmel war dunkelgrau, aber es regnete nicht mehr. Er putzte sich die Zähne, um den unangenehmen Geschmack im Mund zu vertreiben, ging noch einmal ins Bett und schlief weiter.

5

Um neun Uhr rief er, auf der Bettkante sitzend, im Hotel Ritz an der Place Vendôme an. Das Wetter hatte aufgeklart, die Sonne schien. Sonnenlicht fiel in den *cour.* Nach einigem Rauschen und Klicken ertönte plötzlich Tovèrs Stimme laut an seinem Ohr.

»Hello?«

»Ton? Hier ist Richard.«

»Richard, altes Haus!«

Altes Haus. Den Ausdruck hatte er lange nicht gehört, und er konnte sich nicht erinnern, daß Tovèr ihn früher je benutzt hatte. Auch sprach er mit starkem amerikanischem Akzent.

»Ich habe gehört, daß wir was zusammen machen werden«, fuhr Tovèr fort. »Das ist gut, *man! Excuse my Dutch,* ich spreche es nicht mehr oft. Wie geht es dir? Hör zu, Richard, wir müssen was verabreden. *How about having lunch together?* Was sagst du, Janis? O nein, Richard, das geht doch nicht. Ich werde mit dem Botschafter lunchen. Später am Nachmittag vielleicht?«

»Ja. Mach einen Vorschlag.«

»Ich hänge heute nachmittag meine Bilder in der Galerie. Galerie Delano. In der Avenue Franklin-Delano-Roosevelt. Direkt bei den Champs-Elysées.«

»Ja, das weiß ich«, sagte Richard, leicht verärgert.

»Six o'clock. Right?«

»Right.«

»Was sagst du, Janis? *Yes, I'll tell him.* Richard? Du mußt unbedingt die neue Ausgabe von *Paris Match* kaufen.«

Im Frühstücksraum des Hotels saßen zwei junge niederländische Paare, die ihr Programm für den Tag besprachen: Eiffelturm, *bateau-mouche* oder die großen Warenhäuser (»Können wir besser am letzten Tag machen«), Montmartre, Folies-Bergère. Sie wickelten Brötchen vom Frühstückstisch für unterwegs in Papierservietten (»Spart Geld, denn es ist hier schrecklich teuer«) und erkannten Richard (»Sie sind doch der Schriftsteller?«). Richard gab das lächelnd zu und wünschte ihnen einen angenehmen Tag.

»Sie können auch ins Pompidou gehen«, sagte er.

»Das ist das Museum«, wußten sie.

»Dort ist eine COBRA-Ausstellung.«

»COBRA?«

»Karel Appel«, reduzierte Richard die Künstlerbewegung auf den bekanntesten Namen.

Als Tovèr und er in Paris lebten, waren sie nie auf dem Eiffelturm gewesen. Sie waren der Meinung, daß der echte Pariser nicht dorthin ging. Der Eiffelturm war für Touristen und französische Bauern vom Lande im Sonntagsstaat. Ihre Haltung, damals selbstverständlich, kam ihm heute überheblich vor. Vielleicht sollte er heute oder morgen, wenn er nichts Besseres zu tun hatte, einmal auf diesen Turm hinauf. Hatte er etwas Besseres zu tun? Er ging in sein Zimmer zurück und schlug das Telefonbuch auf. Es gab viele Leforts in Paris, darunter eine ganze Reihe »Lefort, S.«. Hinter einigen Namen war ein Beruf angegeben. Dekorateur. Drehbuchautorin. Zahnärztin. Viel klüger wurde er dadurch nicht.

Zwei S. ohne Beruf wohnten in seinem Arrondissement. 19, Rue Monge. 3, Rue Cuvier. Die lag irgendwo am Jardin des Plantes, erinnerte er sich. Dort hatten Tovèr und er an kalten Tagen viel Zeit im Gewächshaus für tropische Pflanzen zugebracht. Tovèr hatte seinen Skizzenblock bei sich, Richard eine billige Ausgabe von Apollinaires Gedichten und ein Taschenwörterbuch.

Maintenant tu marches dans Paris tout seul parmi la foule / Des troupeaux d'autobus mugissants près de toi roulent / L'angoisse de l'amour te serre le gosier / Comme si tu ne devais jamais plus être aimé. Die Herden blökender Autobusse stammten aus dem Jahr 1913. Der Vergleich mit dem Vieh würde heute keinem Dichter mehr einfallen, obwohl das Signal der Metro unmittelbar vor dem Türenschließen durchaus Ähnlichkeit mit dem Quieken eines Schweins hatte, das man an seinem Ringelschwänzchen zog. *Angoisse:* Angst, Beklemmung, aber er entschied sich natürlich für heftig verzehrendes Verlangen. *Gosier:* Kehle, Gurgel. Schnürt dir die Kehle zu. Gurgel war zu brutal.

Er trat aus dem Hotel. Diesmal kam Sacha Lefort-van Munster nicht vorbei. Er könnte zu den Adressen gehen, die in der Gegend lagen, aber gesetzt den Fall, sie käme zufällig aus dem Haus, dann stünde er genauso sprachlos und unbeholfen da wie gestern.

Er war einen Tag in Paris und hatte schon vierundzwanzig Stunden lang an einer neuen Vergangenheit gebaut. Während er auf dem Platz stand und zögerte, welche Richtung er einschlagen sollte, drängte sich ihm schon wieder ein ungebetenes Bild auf, das er nicht unterzubringen wußte. Er sah einen Bastteppich mit zerschlissenen Stellen. Durch ein Fenster fiel Mondlicht und ließ den Bast glänzen. Im Vordergrund, oben in einer Ecke des Bildes, ein nackter Fuß. Das Ganze erinnerte sehr an eine surrealistische Collage, an jenen beliebten Zeitvertreib unter Malern und Schriftstellern. Er beschloß, sich nicht auf die Suche nach Sacha zu machen. Es kam ihm pubertär vor, wie wenn man um das Haus eines Mädchens streichen würde, das man nicht anzusprechen wagte. Er ging in die entgegengesetzte Richtung, durchquerte den Luxembourg und verließ den Park an der Rue Vavin. Sein Schritt war zielstrebig, erwachsen, als hätte er irgendwo in der Stadt etwas zu tun. Um diese Zielstrebigkeit noch zu betonen, ging er auf halbem Wege in ein kleines Schreibwarengeschäft und kaufte einen Block. Die Sonne schien strahlend hell. War es Frühling geworden? Die Lust zu schreiben erwachte in ihm, das einzige, was zählte. Die Rue Vavin führte zum Boulevard du Montparnasse. Auf der anderen Straßenseite sah er einen Kiosk und erinnerte sich an den Auftrag von Tovèr. Er kaufte *Paris Match*. Irgendwo hier hatten sich nach dem Ersten Weltkrieg Hemingway und Scott Fitzgerald betrunken. Richard versuchte, ihre Geister wachzurufen, aber es war zu lange her, und außerdem war er nicht dabeigewesen. Er überquerte die Straße wieder und ging ins Sélect, wo er sich an einen Tisch am Fenster setzte. Das Sonnenlicht in dem gläsernen Vorbau war warm und heiter. Er bestellte einen *citron-pressé* und blätterte in der Zeitschrift, bis er auf den Artikel über Tovèr stieß.

In der Reportage *Les Tentations de Tovèr* war Tovèr ein naher Verwandter von van Gogh und van Dongen, den zwei berühmten »Vans«, die das graue Licht des Nordens gegen die grelle, herausfordernde Glut der südlichen Sonne eingetauscht hatten. In diesem Licht hatte sich Tovèrs Kunst entwickelt. Zu Beginn hatte er in Paris Jahre der Armut verlebt, aber es war die Lichtstadt, die sein einmaliges Talent entdeckt hatte. Ein Foto von Tovèr in seinem ersten Atelier in der Rue Delambre (hier ganz in der Nähe, wo Richard jetzt *Paris Match* las und sich mit Bedauern klarmachte, daß er dieses Atelier nie gesehen hatte). Ein schmales, mageres Gesicht (wie jung sie gewesen waren!). Aber nach dieser ersten schwierigen Zeit (»weil er das wenige Geld, das er zur Verfügung hatte, lieber für Farben und Leinwand als für Essen ausgab, litt er oft Hunger. Dennoch sind diese Jahre quälenden Mangels in seiner Erinnerung glückliche Jahre«) kam der Ruhm, der es ihm ermöglichte, sich die kühnsten Träume zu erfüllen. Er besaß ein Atelier in den Bergen oberhalb von Cannes, in dem er die Hälfte des Jahres arbeitete. Foto an Deck seiner Jacht im Hafen von Cannes, während er, umringt von Schönheiten, darunter eine junge Catherine Deneuve, Champagnerkorken knallen läßt. Die andere Hälfte des Jahres verbrachte er in einem Haus am Rande der Wüste von Nevada, erbaut von Frank Lloyd Wright. Zur Entspannung besuchte er manchmal die Kasinos von Las Vegas. Foto mit Nancy Sinatra. Aber Paris vergaß er nie. Foto auf der Place de la Concorde mit seiner neuen Freundin Janis Davis, Enkelin von Miles Davis und Juliette Greco.

Richard legte die Zeitschrift beiseite. Die Lust zu schreiben war ihm vergangen. Das Sélect füllte sich allmählich mit Gästen, die hier einen kleinen Lunch einnahmen. Er bestellte einen *croque madame* und ein Glas

Weißwein. Er fragte sich, ob er Tovèr überhaupt noch sehen wollte. Ihre Welten lagen inzwischen weit auseinander. Tovèr lebte in einer Welt, in der sie nicht einmal mehr die Sprache teilten. Nur die Vergangenheit verband sie, und er hätte gern gewußt, ob das gemeinsam verbrachte Lehrjahr in Paris für Tovèr ebensoviel wog wie für ihn. Da war noch etwas. Etwas, worüber er sich beim Lesen geärgert hatte. Er gestand es sich beschämt ein. Würde er nie alt und weise werden? Was ihm zu schaffen machte: Daß sein Name nicht erwähnt wurde. Beim Leser wurde der Eindruck erweckt, als habe Tovèr in Paris mutterseelenallein Hunger für seine Kunst gelitten. Na ja, was hätte das Blatt schreiben sollen? Der in den Niederlanden bekannte Schriftsteller Richard Sanders, dessen gerade bei Editions Mondial erschienenes Buch *L'art d'oublier* während Tovèrs Vernissage in der Galerie Delano vorgestellt werden wird, hat in jenen mageren Jahren sein Los geteilt? Falls Tovèr diese Erinnerung überhaupt erwähnt hatte – die Möglichkeit wollte er nicht ausschließen –, war sie von der Redaktion herausgestrichen worden. Berühmte Persönlichkeiten pflegen keinen Umgang mit Unbekannten. Das ist kein Beitrag zur Legendenbildung. Es gab ein Foto von ihnen beiden aus dieser Zeit, aufgenommen von einem Straßenfotografen auf der Place Saint-André-des-Arts. Als Richard Paris in der Absicht verließ, bald zurückzukehren, hatte Tovèr das Foto behalten. Nur wenn das Blatt in der Bildunterschrift hätte berichten können: »Tovèr in Gesellschaft seines Freundes Richard Sanders, des späteren Literatur-Nobelpreisträgers«, hätte das Foto eine Chance gehabt.

Er bestellte ein zweites Glas Wein, um die trüben Gedanken zu vertreiben. Er wunderte sich, daß er nach so vielen Jahren noch derart verletzlich war. Alles in allem freute er sich doch auf das Wiedersehen mit seinem alten Freund. Es mußten sicher fünf Jahre, nein, mehr, her sein, seitdem sie sich zuletzt in Amsterdam gesehen hatten. Damals war gerade ein neuer Roman von Richard erschienen, ein Ereignis, das von seinem Verleger, Richard und Gerda und ein paar Freunden in einem Restaurant gefeiert worden war. Verkatert radelte er am nächsten Morgen durch die graue Stadt zu dem Treffen mit Tovèr, der mit seiner Freundin, einem französischen Topmodel algerischer Herkunft, im Amstelhotel wohnte. Abends sollte sie in einer Wohltätigkeitsshow nebst anschließendem Dinner auftreten. Deprimiert ging es ihm beim Radfahren durch den Kopf, wie vorhersehbar sein niederländisches Leben war, wie sich aus einmal getroffenen Entscheidungen die Dinge automatisch ergaben. Nur das Schreiben brachte Farbe in sein Dasein. Ein getreues Opfer holländischer Nüchternheit, kettete er sein Fahrrad vor dem Eingang des Hotels, wo Tovèr und er zu einem späten Frühstück verabredet waren, an einen Verkehrspfosten. »Meneer Sanders?« Man erkannte ihn an der Rezeption. »Meneer Tovèr erwartet Sie auf der Terrasse.«

Sie umarmten sich. Ton war dick geworden, aber es war eine Straffheit, in der viel Muskelkraft steckte. Seine gebräunte Haut war glatt, er trug sein langes schwarzes Haar in einem Zopf. Etwas Östliches lag in seinen Zügen. Vielleicht war es immer darin verborgen gewesen und erst im Laufe der Jahre hervorgetreten. Ton hatte ihm einmal erzählt, daß er möglicherweise indisches Blut in sich habe, weil er aus einem alten Muskatpflanzergeschlecht auf den Molukken stammte. Sie hatten sich nicht weiter darum gekümmert. Es war eine hübsche Familiengeschichte, aber sie lebten in der Gegenwart, und die ging nie vorüber.

»So, das wurde Zeit«, sagte Ton.

»Wann haben wir uns zuletzt gesehen?« fragte Richard.

»Das ist schon wieder ein paar Jahre her. Ich hatte eine Ausstellung im Haagse Gemeentemuseum.«

»Und ich war noch nicht so lange wieder aus Belgien zurück.«

»Du hattest damals eine schöne Frau dabei. Siehst du die noch?«

»Gerda. Ja, ich bin sogar mit ihr verheiratet.«

»Verheiratet? Das hast du mir nie geschrieben. Warum nicht? Ich hätte dein *best man* sein können.«

Ton hatte einen amerikanischen Akzent angenommen, und auch seine direkte Art zu fragen wirkte auf Richard amerikanisch.

»Ich weiß es nicht. Vielleicht fand ich, daß es nichts mit uns zu tun hatte. Ich soll dich übrigens von ihr grüßen. Sie schläft noch. Es ist spät geworden gestern abend.«

»Meine Joséphine – solange wie's dauert – schläft auch noch. Ihren *beauty sleep*. Habt ihr Kinder?«

Wieder so eine Frage.

»Nein.«

»Warum nicht?«

»Zwei Fehlgeburten. Und danach haben wir darauf verzichtet. Wirst du jetzt fragen, warum ich auch das nicht geschrieben habe?«

»Sorry. Bad manners.«

»Hast du Kinder?«

»Nein. Ich liebe Frauen, aber keine Verpflichtungen. So bin ich nun mal.«

Richard reichte ihm sein neues Buch.

»Ich weiß nicht, ob du noch Niederländisch liest«, sagte er.

»Ich lese nicht viel. Für mich gibt es nur das Malen. Aber das hier werde ich sicher lesen.«

Er blätterte etwas in dem Buch, dann legte er es beiseite.

»Eigentlich wissen wir nur noch wenig voneinander. Du hattest doch ein Haus in Cannes?« fragte Richard. »Oder hast du das nicht mehr? Du klingst so amerikanisch.«

»Ich komme immer seltener dorthin. Europa ist so altmodisch geworden, es hinkt hinterher. Und das große Geld liegt in Amerika. Hat sich sonst noch was an mir verändert?«

»Du siehst gut aus. Du hast etwas von einem Buddha bekommen.«

»Das ist ein Kompliment. Ich könnte mit Malen aufhören und Zenmeister werden. Die haben zur Zeit einen Riesenerfolg in den *States*.«

»Ich kann mir dein Leben in Amerika gar nicht richtig vorstellen. Du verkehrst wahrscheinlich nur mit Millionären, oder?«

Ton grinste.

»Jetzt, wo du's sagst: Darauf läuft es hinaus, ja, Millionäre sind die Surrealisten von Amerika. Sie leben ihren Traum. Sie sind frei. Verachtest du Reichtum?«

»Ich finde ihn uninteressant.«

»Das ist so niederländisch, wie du das sagst. In den Niederlanden müssen reiche Menschen normale Menschen sein. Nicht auffallen. Sparsam leben. Butterbrot mit Käse und Zuckerstreuseln essen. So tun, als müßten sie ihr Geld zusammenhalten. In einem Auto sitzen, das jeder Zweite fährt, anstatt in dem schönsten Wagen, der für Geld zu haben ist.«

»Das ist für uns *Nouveau-riche*-Gehabe. Protzig.«

»Das ist nicht protzig. Das ist stolz.«

»Vielleicht hast du recht«, sagte Richard, den das Gefühl beschlich, daß das Gespräch eine falsche Wendung nahm.

»Du mußt mich besuchen. Du weißt nicht, wie schön Nevada ist. Die Wüste, in der Ferne die Mountains, immer anderes Licht, immer andere Formen. *Cézanne would have loved it*«, sagte Ton. »Ich habe ein *guesthouse*, extra für Freunde. Es ist sehr ruhig da. Du kannst dort ungestört schreiben. Und es gibt viele schöne Frauen, die sich für Künstler aus Europa interessieren. Aber ich vergaß, du bist ja verheiratet. Bring Gerda mit. Bist du treu?«

»Ja«, sagte Richard. »Schon seit Jahren. Und du?«

»Auf meine Art«, sagte Ton. »Ich bleibe nicht lange bei einer Frau. Aber solange ich mit ihr zusammen bin, bin ich ihr treu. Manchmal sogar zwei Wochen lang.«

Sie lächelten sich an.

»*Well*, Rik, es hat sich vieles verändert, aber wir haben die Vergangenheit. Ich denke manchmal daran zurück, wie wir in Paris gelebt haben. Die Place Monge. Das kleine Zimmer. Ich habe mal nachgeschlagen, wer dieser Monge eigentlich war. Weißt du das?«

»Nein«, sagte Richard, leicht irritiert. Noch etwas, das amerikanisch an Tovèr geworden war: dieses Faktenwissen. Als wenn das Leben ein Quiz wäre.

»Ein Mathematiker, der mit Napoleon nach Ägypten zog. Außerdem war er Mitbegründer der Ecole Polytechnique.«

»So, so.«

»Solche Dinge interessierten uns damals nicht. Jeden Tag liefen wir durch die Rue Cujas. 'ne Ahnung, wer das war?«

Richard schüttelte den Kopf.

»Ein Rechtsgelehrter aus dem sechzehnten Jahrhundert. Lacépède? Rue Lacépède. Die war um die Ecke.«

»Sag's ruhig, Ton.«

»Biologe. Achtzehntes Jahrhundert. Wenn uns das damals interessiert hätte, wären wir durch ein ganz anderes Paris gegangen. Erinnerst du dich noch daran, daß du im Garten der Ecole Polytechnique ein Gedicht geschrieben hast? Ich habe dich da gezeichnet. Du hast auf einer Bank gesessen, mit einer Flasche Wein neben dir.«

»Clochard sein. Das erschien mir als das Höchste, was man erreichen konnte. Losgelöst von allem.«

»Ja, aber das war natürlich Unsinn. Armut kettet dich an alles, was du nicht hast. Du bist keinen Augenblick frei.«

»Ich träumte mich gern irgendwohin«, sagte Richard. »Einfach so. Ich dachte, es würde immer so bleiben. Du wußtest genau, was du wolltest. Du signiertest damals schon mit Tovèr.«

»Verstrijden konnte niemand aussprechen.«

»Du setztest dich in die Lounge vom Ritz, um dort zu zeichnen.«

»Bis sie mich aufforderten zu verschwinden.«

»Ich traute mich nicht mit rein. In einem Ledersessel dichten, das konnte nicht gutgehen.«

»Und ich hoffte, einer reichen amerikanischen Witwe zu begegnen, die mich unter ihre Fittiche nahm.«

»Das hast du mir nie erzählt.«

»Ich wußte, daß es sowieso nie passieren würde.«

Noch im nachhinein fühlte Richard sich ein bißchen verraten.

Ein Ruderer schob seinen Einer mit kräftigen Schlägen durch das Wasser der Amstel. Sie blickten ihm nach, bis er unter der Brücke verschwunden war. Dann war wieder alles ruhig.

6

Als er siebzehn war, schrieb Richard Sanders sein erstes Gedicht. Es mußte Winter gewesen sein, denn jedesmal, wenn er daran zurückdachte, stand er in seinem Zimmer auf dem Dachboden und sah Schnee am Fensterrahmen und Schnee auf dem Dachvorsprung vor dem Fenster. Ein Stück weiter ragte die Spitze der Zuiderkerk über die Dächer, umkreist von Möwen. Der Himmel war graugelb und schwer von noch mehr Schnee. Der Augenblick war still und bewegungslos.

Er schrieb das Gedicht im Kopf, während er nach draußen schaute. Erst als er sich setzte, weil er das Bedürfnis verspürte, die in seinem Kopf entstandenen Worte aufzuschreiben, begriff er, daß er ein Gedicht geschrieben hatte. Er las es noch einmal und wußte, daß etwas Wichtiges in seinem Leben geschehen war. Bis dahin war er nichts als ein hoffnungsloser Schüler gewesen, den vor der Leere schwindelte, wenn er an die Zukunft dachte, jetzt aber sah er plötzlich klar und deutlich seine Bestimmung vor sich. Dichter. Vielleicht war er es schon immer gewesen. Nur hatte ihm das niemand abverlangt, er hatte es nicht gelernt, sein Dichtersein war ganz einfach ans Licht gekommen, wie wenn ein Küken aus dem Ei schlüpft. Er zitterte vor Aufregung.

An jenem Tag war er im Kino auf dem Nieuwendijk gewesen, wo ein französischer *film noir* lief. Die Geschichte ließ sich kaum nacherzählen, so kompliziert war sie, aber es ging um ein Mädchen, das sich in einen Jungen aus dem Verbrechermilieu verliebte, um einen Vater, der Anwalt war und ihr den Umgang mit dem Jungen verbot, eine Mutter, die fortwährend mit anderen vornehmen Damen im Salon saß und Tee trank, um das Mädchen, das in einer mondhellen Nacht Selbstmord beging, indem sie von einer Brücke in die Seine sprang, den Vater, der hinter ihr hersprang, aber zu spät kam, um sie zu retten, den Vater, der seine tote Tochter den Kai hinaufschleppte und sie beweinte, während er ihr die nassen Haare aus dem Gesicht strich, den Jungen aus dem Verbrechermilieu, der einen Mordanschlag auf den Vater verübte, welcher mißlang, und schließlich den Vater, der diesen Jungen verteidigte.

Das Bild des untröstlichen Vaters, der das Gesicht seiner toten Tochter streichelte, hatte Richard zu Tränen gerührt. Es war offensichtlich, daß sein Gedicht aus diesem Gefühl der Rührung entstanden war. Aber er spürte, daß es seltsamerweise auch etwas mit seiner Mutter zu tun hatte, obwohl es gar nicht von ihr handelte. Es handelte auch nicht von dem schönen französischen Mädchen, sondern von einer toten Geranie, die schneebedeckt auf dem kleinen Dachvorsprung stand und wie ein fernes Echo war auf die Zeile »Ich wein um Blumen, knospend schon gebrochen« aus einem Gedicht von Willem Kloos, das er für seinen Niederländischlehrer lernen mußte, weil er nicht aufgepaßt hatte. Dennoch dachte Richard an seine Mutter.

War es die Poesie, die dies bewirkt hatte, oder das ursprüngliche Gefühl der Rührung? Es gab noch viele Geheimnisse zu entdecken. Eines aber war deutlich: Ein

Leser, der zufällig das Gedicht las, würde nicht an Richards Mutter denken, es sei denn, er hätte sie gekannt, und selbst dann hielt Richard dies für unwahrscheinlich. Seine Mutter kam in dem Gedicht nicht vor. War es ein gutes Gedicht? Er wußte es nicht. Wagte er, es jemanden lesen zu lassen? Nein, vorläufig nicht. Er mußte mehr schreiben. Ein Gedicht macht noch keinen Dichter, aber irgendwann mußte er anfangen, und das war jetzt geschehen.

Richard war sieben gewesen, als seine Mutter bei einem Autounfall ums Leben kam. Jetzt, zehn Jahre später, erinnerte er sich kaum noch an seine Mutter, höchstens an einen Duft, eine Wärme, etwas in seinem Leben, das keine Konturen hatte, das aber doch stark genug war, ihm aus den Worten seines Gedichts entgegenzutreten.

Der Autounfall war bis heute von einem Geheimnis umgeben. Richards Vater sprach nicht gern von seiner Frau. Es hingen keine Fotos von ihr im Haus. Aus einzelnen Bemerkungen und aufgefangenen Gesprächsfetzen setzte Richard sich eine Geschichte zusammen, mit der er leben konnte. Seine Mutter war eine junge, attraktive, von vielen Männern begehrte Frau gewesen. Künstler und Politiker trugen sie auf Händen. Bei Vernissagen, Premieren und Banketten war sie der strahlende Mittelpunkt. Bis in die frühen Morgenstunden tanzte sie in den Nachtcafés. Keinem Mann gelang es, sie an sich zu binden, bis Richards Vater auf der Bühne erschien, wortwörtlich, ein junger, blondgelockter Schauspieler, ein Naturtalent, das mit seiner Hamlet-Interpretation alle Bühnen eroberte. Nach ihrer Heirat verschwand sie aus dem öffentlichen Leben, gebar einen Sohn, widmete sich ihren Pflichten als Ehefrau und Mutter, begann ein Kunstgeschichtsstudium. Das Märchen schien zu Ende zu sein. Noch einmal flackerte es kurz auf, als sie die Geliebte ihres Kunstgeschichtsprofessors wurde, eines raffinierten Charmeurs, der sich gut in der Spätrenaissance auskannte. An einem klaren Tag, früh am Nachmittag, unterwegs in seinem Auto zu einem Hotel außerhalb der Stadt, prallten sie auf einen plötzlich vor ihnen bremsenden Lastwagen und waren auf der Stelle tot. Nicht nur sie, sondern auch das Kind, das sie seit zwei Monaten unter dem Herzen trug. Niemand sollte je erfahren, ob es von ihrem Mann oder von dem Kunsthistoriker war. Getreu dem Motto seines Fachs – *the show must go on* –, spielte Richards Vater, brillanter denn je, noch am selben Abend die Hauptrolle in Albees *Wer hat Angst vor Virginia Woolf?*. Stehende Ovationen. Kollegen, die ihn hinter der Bühne schweigend umarmten, einige unter Tränen. Die neue Kollegin, mit der er eine kleine Liebelei angefangen hatte, hielt sich im Hintergrund. Die Blumen ließ er mit einem Taxi ins Krankenhaus bringen. So war es für Richard eine schöne Geschichte. Er selbst spielte keine Rolle darin.

Für Richards Erziehung sorgten von da an Haushälterinnen, die er Tante nennen mußte. Sie wurden nie zu richtigen Vertrauten, sosehr sie sich auch anstrengten. Er entpuppte sich als ein verlegener, in sich gekehrter Junge, den man besser in Ruhe ließ. Die Haushälterinnen blieben nie lange. Eine wie die andere bekamen sie Streit mit Richards Vater, der sich nicht zwischen Nonchalance und der höflichen Distanz eines guten Arbeitgebers entscheiden konnte. Meistens murmelte er irgend etwas vor sich hin, mit dem er ihnen vermutlich deutlich machen wollte, daß er keine Zeit für ihr Gerede hatte, und sie merkten, daß ihre Mühe, Ersatzmutter für sein Söhnchen zu sein, nicht gewürdigt wurde. Einige hatten vielleicht sogar heimlich gehofft, den berühmten Schauspieler heiraten zu können. Sie kleideten sich verführerisch und strichen Richard übers Haar, wenn sein Vater, was allerdings selten vorkam, in der Nähe war. Morgens schlief er aus, mittags repetierte er ein neues Stück, abends spielte er. Auf die Dauer kannte Richard es nicht anders, als daß es ganz normal war, allein aufzuwachsen. Als er in die Pubertät kam, beschloß sein Vater, daß sie ihr Leben jetzt ohne Haushälterin führen könnten. Vater und Sohn seufzten erleichtert auf, als die Entscheidung gefallen war. Der Sohn sah die Jahre der großen Freiheit anbrechen, von denen er sich viel erhoffte, obwohl schon vorher kaum auf ihn geachtet worden war. Nur die Schule blieb vorläufig ein Hindernis.

Um den Tag ordentlich zu beginnen, stand Richards Vater früh auf, wie spät er auch in der vorigen Nacht ins Bett gekommen sein mochte, und machte ihm Frühstück. Danach ging Richard in die Schule. Das tat er getreulich. Es dauerte einige Zeit, bevor er sich klarmachte, daß er ebensogut nicht zur Schule gehen konnte. Manchmal bereitete Richards Vater ein zusätzliches Frühstück, das er in sein Schlafzimmer trug, zu einer Freundin, die er nach der Vorstellung nachts aus dem Theatercafé mitgebracht hatte.

Viel Kontakt hatten die beiden nicht. Sie gingen behutsam miteinander um, nahezu höflich – zwei vom Schicksal aneinander gebundene Menschen, der eine ungeeignet als Vater, während der andere sich gerade erst bewußt wurde, daß er überhaupt existierte und daß man mit diesem Dasein vielleicht etwas anfangen könnte, bevor es wieder zu Ende sein würde.

Als Richard sein erstes Gedicht schrieb, hatte er kurz zuvor die Schultore endgültig hinter sich geschlossen. Die an seinen Vater gerichteten Briefe der Schule warf er ungeöffnet weg. Zuletzt kamen keine Briefe mehr. Erst Monate später erfuhr sein Vater davon. Das führte zu einem der wenigen Gespräche, die sie jemals miteinander hatten.

»Aber was hast du denn vor, wenn du nicht mehr zur Schule gehen willst?« rief sein Vater hilflos aus.

Richard zuckte die Schultern.

»Du mußt doch später von irgend etwas leben. Du erwartest doch wohl nicht, daß du mir endlos auf der Tasche liegen kannst?«

»Wird schon werden, Papa«, sagte Richard.

»Was heißt das: Wird schon werden? Du kannst nichts, du weißt nichts, was glaubst du, wie du jemals eine Arbeit findest?«

»Ich will keine Arbeit.«

»Der Herr will keine Arbeit. Der Herr will nicht zur Schule. Der Herr will überhaupt nichts.«

»Wie war das bei dir? Du bist doch auch eher von der Schule abgegangen?«

»Das war etwas ganz anderes. Ich wußte sehr früh, daß ich Schauspieler werden wollte. Ich stand mit sechzehn schon auf den Brettern. Ich war berufen. Bist du zu etwas berufen?«

»Ich schreibe«, bekannte Richard. Es war das erste Mal, daß er diese Worte laut aussprach.

Sein Vater sah ihn entgeistert an.

»Du schreibst?«

»Ja. Gedichte.«

»Ich … du überraschst mich. Darf ich sie lesen?«

»Nein. Sie sind noch nicht gut genug. Aber wenn du mir nicht glaubst …« Richard ging hinaus und rannte die Treppe hinauf in sein Zimmer, um das Schulheft zu holen, in das er seine Gedichte – es waren jetzt siebzehn, nicht genug für einen Gedichtband – in seiner saubersten Schrift eingetragen hatte.

Während er es rasch durchblätterte, hielt er seinem Vater das Heft so vor die Augen, daß er deutlich sehen konnte: Es waren Gedichte. Sein Vater griff nach dem Heft, aber Richard kam ihm zuvor und verbarg es unter seiner Jacke. Sein Vater lachte.

»Ich habe nicht gesagt, daß ich dir nicht glaube. Du willst also Dichter werden?«

»Ja« war nicht die richtige Antwort, es war nicht das, was er fühlte seit dem verschneiten Tag, als er das Gedicht über die tote Geranie geschrieben hatte, das auch von seiner Mutter handelte.

»Ich will nicht Dichter werden, ich bin es«, sagte Richard. »Ich muß nur noch besser werden.«

Sein Vater nickte, wollte etwas sagen, schwieg und legte Richard dann liebevoll seine Hand in den Nacken.

»Die Kunst«, sagte er. »Du mußt wissen, worauf du dich einläßt. Es wird nicht leicht sein.«

Es klang ungewohnt feierlich. Dann drückte er Richard an seine Brust.

»Die Muse ist eine herzlose Geliebte. Du wirst ihr alles opfern müssen.«

Sein Vater spielte eine Szene. Aber es war sein eigener Text, und die Worte »Schule« und »Arbeit« kamen nicht darin vor. Von nun an stellte er Richard seinen Kollegen und seinen neuen Freundinnen vor als »mein Sohn, der Dichter«. Dem er dann zu Richards Verärgerung hinzufügte: »Auf meine Kosten, natürlich.«

Die Abende verbrachte Richard meistens in einem Café, in dem nach der Polizeistunde Jazzmusiker spielten. Man hatte nicht ohne weiteres Zutritt, aber da Richard den Pianisten, der zur festen Besetzung gehörte, kannte, ließ ihn der große, grauhaarige Surinamer, der die Tür bewachte, problemlos mit einem Nicken hinein. Er gehörte dazu. Er begrüßte den Pianisten, der genau wie er die Schule abgebrochen hatte. Zwischen zwei Sets setzte sich der Pianist zu ihm, und sie tranken eine Cola mit einem Schuß Genever. Er erzählte, daß er seinen Traum, nach Paris zu gehen, wenn er genug Geld habe, um dort eine Weile zu leben, bald verwirklichen könne. Paris war für Jazzmusiker *the place to be*. Dort war es, wo alles passierte. Dort spielten die großen schwarzen Musiker, die zu Hause in Amerika oft keine Arbeit finden konnten. In Paris gab es keine Rassenprobleme. Bud Powell, der Held des Pianisten, war dort jeden Abend zu hören. Stell dir vor: Du gehst in eine Kneipe, und da spielt Bud Powell! Wow! Die Jazzszene in den Niederlanden war so gut wie bedeutungslos. Der Pianist und seine Band spielten den allerneuesten Jazz, aber damit konnte in Holland niemand etwas anfangen. Hier, im Café, schrieb Richard ein langes Gedicht, das er *Bopology* nannte. Als er etwas angetrunken war, gab er es dem Pianisten zu lesen. Der war beeindruckt. *»Yeah, Baby, right on«*, sagte er und nickte begeistert. Er stellte Richard seiner Freundin vor, einem dicken, mütterlichen Mädchen. »Richard ist Dichter«, sagte er, und das Mädchen schien ebenfalls beeindruckt zu sein. Richard blühte auf. Die Freundinnen der Jazzmusiker waren ausnahmslos blond. Sie saßen nahe bei dem kleinen Podium hinten im Café und feuerten ihre Freunde durch Zurufe an. Sie schienen mehr ihrer Folgsamkeit als ihrer Schönheit wegen erwählt worden zu sein, denn die Musiker gingen achtlos mit ihnen um. Ihre Liebe gehörte dem Jazz.

Richard war noch unberührt, und er sehnte den Augenblick herbei, da dieser Zustand beendet sein würde. Aber dazu müßte er sich zuerst verlieben oder zumindest etwas für jemanden empfinden. Seitdem er beschlossen hatte, nicht mehr zur Schule zu gehen, war er nicht mehr verliebt gewesen. Und damals war es eine Liebe aus Distanz gewesen; das Objekt seiner Verehrung hatte nie etwas davon erfahren. Mit jemandem ins Bett zu gehen, daran wagte er noch nicht einmal zu denken. Das paßte nicht zur Erhabenheit seiner Gefühle.

Als er einmal spät in der Nacht vom Jazzcafé nach Hause ging, kam er am Rotlichtviertel vorbei. Die Grachten lagen so gut wie verlassen da, die meisten Hurenzimmer waren dunkel, nur hinter einem Fenster brannte noch schwaches Licht. Am Anfang der Gracht nahm er sich vor, dort hineinzugehen, um seiner Unberührtheit ein Ende zu machen, aber als er in der Nähe des Fensters war, verlor er den Mut. Während er einen schüchternen Blick hineinwarf (nackte Schenkel, rötliches Licht), beschleunigte er seinen Schritt. So konnte es nicht weitergehen. Sein sexuelles Verlangen drohte seine poetische Produktivität zu blockieren. Durch die Freundin des Pianisten – ob beabsichtigt oder nicht, das erfuhr er nie – wurde das heikle Problem gelöst.

Eines Abends hatte die Freundin des Pianisten eine Freundin ins Jazzcafé mitgebracht. Sie war etwas älter als Richard, doch groß konnte der Unterschied nicht sein.

»Richard, das ist Antoinette«, sagte die Freundin des Pianisten. »Können wir uns zu dir setzen, oder stören wir?«

Richard schob seinen Notizblock beiseite, in den er gerade ein paar Zeilen geschrieben hatte, angeregt durch ein Solo des Saxophonisten.

»Und das ist Richard. Er ist Dichter.«

»Dichter?« wiederholte Antoinette. »Interessant.«

Sie hatte einen französischen Akzent.

»Dann kennen Sie natürlich die Lyrik von Baudelaire? Rimbaud, Verlaine?«

Es war jene Trias von Namen, von der Richard bisher nur gehört hatte. Er beschloß, die Wahrheit zu sagen.

»Ich lese im Augenblick mehr niederländische Dichter«, sagte er. »Aber ich werde sie natürlich lesen. Ich meine Baudelaire und so.«

»Wir haben die in der Schule gelesen«, sagte Antoinette.

»Antoinette ist in Paris zur Schule gegangen«, erklärte die Freundin des Pianisten. »Sie hat eine französische Mutter, aber nun wohnen sie schon wieder ein paar Jahre in den Niederlanden.«

»Leben Sie vom Dichten?« fragte Antoinette. Es war das erste Mal, daß jemand Sie zu ihm sagte.

»Noch nicht«, sagte Richard. »Wollen wir nicht du sagen?«

Wie die Freundin des Pianisten, die sich wieder beim Podium hingesetzt hatte, war auch Antoinette nicht sehr groß. Sie hatte ein rundes Gesicht, kurzgeschnittene braune Locken, eine Stupsnase und volle, sinnliche Lippen. Sie strahlte Lebhaftigkeit und Offenherzigkeit aus, und Richard fand sie wahnsinnig sexy. Die Idee, daß man zuerst verliebt sein müsse, um jemanden sexuell zu begehren, verflüchtigte sich auf der Stelle. Mühelos vergaß er seine Hemmungen und schaute ihr tief in die Augen. Sie erwiderte seinen Blick, und es dauerte eine Weile, bis ihre Augen einander losließen. Sie befeuchtete ihre Lippen mit der Zunge. Richard schaute ihr mit einem leichten Schwindelgefühl zu. Sie trug ein schwarzes Kleid, ihre Arme waren nackt. Im Spalt unter ihren Achseln sah er ein paar dunkle Haare. Er spürte sein Geschlecht in seiner Hose, aber er mußte Geduld haben. Und es war ja immer noch möglich, daß seine Erregung gar nicht das ersehnte Ziel erreichte, denn angeblich konnten Französinnen raffiniert flirten, ohne daß sie mit einem ins Bett gehen wollten. Wie er zu dieser Weisheit kam, wußte er nicht. Es waren so die Vorstellungen, wie sie in nördlichen Regionen verbreitet waren.

Antoinette hatte einen Ferienjob in einem französischen Reisebüro. Im Herbst wollte sie in Amsterdam mit dem Jurastudium beginnen. Richard mit seinem fehlenden Schulabschluß war schwer beeindruckt.

»Warum Jura?« fragte er.

»Handelsrecht«, präzisierte sie, während Richard sich darauf konzentrierte, sein Bein in die Nähe des ihrigen zu manövrieren. »Das will mein Vater. Dann kann ich später in seinem Geschäft arbeiten.«

»Was für ein Geschäft hat denn dein Vater?«

»Er ist Weinhändler.«

Jetzt spürte er die Wärme ihres Beines, das sich gleich darauf an seins drückte. Sie lächelte ihn an.

»Und damit du es gleich weißt, meine Mutter ist, wie sie ist. Sie findet es schrecklich hier. Sie möchte lieber heute als morgen zurück nach Frankreich. Ich denke, daß meine Eltern sich scheiden lassen.«

Bei dieser ernsten Mitteilung erwog er, sein Bein zurückzuziehen, aber weil sie es nicht tat, tat er es auch nicht.

»Findest du es auch schrecklich hier?«

»Nein. Alle sind hier viel freier. In Frankreich bist du so eingeengt, alles ist so … heimlich. Ist es das richtige Wort? Heimlich?«

Richard nickte. Er zögerte kurz, dann beugte er sich zu ihr hinüber und küßte sie auf den Mund. Sie schloß die Augen, runzelte die Brauen und saugte an seiner Zunge. Das war ja eine Heiße, sag mal. Nach einer Weile zog er seine Zunge, die allmählich weh tat, wieder zurück. Sie blickten sich benommen an. Die Musik, die weitergespielt hatte, ohne daß Richard sie wahrnahm, hörte auf. Der Pianist und seine Freundin setzten sich zu ihnen.

»Na, Netje«, sagte der Pianist. »*Ça va* ein bißchen?«

Er ließ seine Hand über ihre Locken gleiten, und Richard spürte einen Stich von Eifersucht.

»Ja, es geht mir sehr gut«, sagte Antoinette. Unter dem Tisch kroch ihre Hand über Richards Schenkel. Die Freundin des Pianisten lächelte ununterbrochen. Der

Pianist, der seine Gage in Naturalien erhielt, winkte eine Runde herbei. Richard vergewisserte sich, daß sein Notizblock noch dalag. Er spürte viel Poesie in sich. Halbe, zum Teil ganze Sätze stritten darum, aufgeschrieben zu werden, aber Antoinettes Hand, die jetzt auf seinem Hosenschlitz lag und ihn vorsichtig knetete, machte es unmöglich zu dichten. Vielleicht drehte sich alles im Leben nur um dies eine, und die Kunst war nichts weiter als eine Helferin in der Not. Aber vielleicht ließ sich das auch miteinander verbinden. Er dachte an seinen Vater und dessen viele Freundinnen. Jetzt drohte gleich ein Unglück. Mit einem nur für sie bestimmten, entschuldigenden Lächeln schob er ihre Hand fort. Bewölkte sich ihre Miene? Sie wandte sich an die Freundin des Pianisten und begann, über Schuhe zu reden, die sie kaufen wollten. Sie könnten das morgen tun, oder paßte es vielleicht besser übermorgen. Es gab so viele Geschäfte. In dem einen sei es teurer als in dem anderen. Verwirrt hörte Richard zu. Wie konnte Antoinette so schnell von Leidenschaft auf Geschwätz umschalten? Der Pianist berichtete aufgeregt, daß der Trompeter Earl Mullins, der große Neuerer des Jazz, versprochen habe, später am Abend, wenn sein Konzert in Den Haag zu Ende sei, ins Café zu kommen. Möglicherweise brächte er noch welche aus seiner Band mit. Das Café war inzwischen unter Jazzmusikern bekannt. Vor seiner Freundin her ging er wieder aufs Podium.

»Bleibst du noch lange hier?« fragte Antoinette, als sie wieder allein waren.

»Das kommt drauf an«, sagte Richard. »Willst du nicht auf Earl Mullins warten?«

»Ich muß morgen arbeiten.«

»Soll ich dich nach Hause bringen?«

Sie nickte.

»Es ist nicht weit von hier.«

Arm in Arm liefen sie durch die Straßen. Ab und zu blieben sie stehen, um sich lange und ausdauernd zu küssen. Schon bald schmeckte er den lau-süßen Geschmack von Blut in seinem Mund, dort, wo sie ihn mit ihren spitzen Zähnen gebissen hatte. Sie bewohnte das Dachgeschoß im Haus ihrer Eltern. Mit den Schuhen in der Hand schlich er hinter ihr die Treppe hinauf. Sie schloß die Bodentür, nahm ihn im Dunkeln an der Hand und zog ihn mit zu ihrem Bett. Als er, nach einigem vergeblichen Tasten, in sie glitt und sich in dem Feuchten, das ihn umschloß, hin und her zu bewegen begann, krallte Antoinette ihre Nägel in seinen Rücken.

»Au.«

»Ich kann nichts dafür«, keuchte sie. »Mach weiter.«

»Nicht so mit deinen Nägeln.«

»Mach weiter, bitte.«

Wieder diese Nägel. Seine Entjungferung drohte geradezu schmerzhafte Formen anzunehmen. Er packte ihre Hände und drückte sie aufs Bett. Sie schüttelte den Kopf auf dem Kissen wild hin und her, während er mit ihr rang. Was tun wir hier, um Gottes willen? schoß es ihm durch den Kopf. Ist das immer so? Sie drückte heftig ihren Unterleib an seinen, und einen Augenblick später fühlte er, wie ihr Körper sich entspannte und alles um ihn herum warm und offen und naß wurde. Sie stieß ein paar tiefe, zitternde Seufzer aus. Dann war es, als leckte eine kleine Zunge drinnen in ihr an der Spitze seiner Eichel. Stöhnend, durchdrungen von einem süßen Gefühl, kam er in ihr.

»Habe ich dir sehr weh getan?« fragte Antoinette, als sie nebeneinanderlagen und eine Zigarette rauchten.

»Ja, ein bißchen schon«, sagte Richard.

»Laß mal deinen Rücken sehen.«

Er richtete sich auf.

»Du blutest.« Er spürte, wie ihre Zunge über die noch immer brennenden Schrammen fuhr.

»Macht nichts«, sagte er mit frisch erworbener Männlichkeit.

»Ich kann nichts dafür«, sagte sie wieder. »Das kommt von selbst.«

Als sie aufwachten, weil ihr Wecker klingelte, war es hell.

»Ich muß aufstehen, sonst komme ich zu spät.«

»Noch einen Augenblick«, bettelte Richard. Er griff nach ihrer Hand und führte sie an sein Glied. Sie schluckte, wurde aber nicht schwach.

»Ich bin in letzter Zeit schon ein paarmal zu spät gekommen, und ich will nicht rausgeworfen werden.«

Am selben Abend ging Richard wieder mit Antoinette ins Bett. Als sie fest eingeschlafen war, verließ er sie auf Zehenspitzen. Er blutete an der Schulter, wo sie ihn in ihrer Lust mit den Zähnen malträtiert hatte. Waren alle Frauen so wild? Er konnte es sich nicht vorstellen. Er hatte immer gemeint, Sex sei liebevoll und sanft, nicht so, daß man sich gegenseitig Wunden schlug. Obwohl es auch für ihn ein Genuß war, vermutete er, daß er bei ihr größer war als bei ihm, denn er hatte ihn erkämpfen müssen. Vielleicht sollte er sie besser eine Zeitlang gar nicht sehen. Es war alles etwas viel.

Als er mitten in der Nacht nach Hause kam, wurde dort groß gefeiert. Er versuchte, sich unauffällig einen Weg durch die schwatzende, trinkende und tanzende Menge der Schauspieler mit ihrem Anhang zu bahnen, aber sein Vater entdeckte ihn, schwenkte eifrig die Arme und rief mit Stentorstimme: »Mein Sohn, der Dichter!« Und der Ficker, fügte Richard bei sich hinzu, während er sich der Gesellschaft mit einem entschuldigenden Lächeln entzog. Aber der *punch line* seines Vaters entkam er nicht: »Auf meine Kosten, natürlich!« Sobald er heil in seinem Zimmer gelandet war, nahm er seine Gedichte und las sie zum soundsovielten Male. Sie gefielen ihm nicht mehr. Nach den Erlebnissen in den letzten vierundzwanzig Stunden kamen sie ihm armselig vor … blutleer, das war das richtige Wort. Das würde sich jetzt ändern. Das pralle Leben, das er nun schon viel besser kannte, mußte zu spüren sein. Er zog sich aus und kroch ins Bett. Kurz bevor er einschlief, kam aus dem Nichts das Bild eines stillen Feldwegs angesegelt, zu beiden Seiten Ödnis, am Horizont eine leuchtende Stadt.

Eine Zeitlang mied Richard das Jazzcafé und führte ein tugendhaftes Leben. Er widmete sich der Poesie, las viel und schrieb mitunter etwas. In der Bibliothek seines Vaters entdeckte er die Gedichte von Rimbaud, Verlaine und Baudelaire, die er mutig mit Hilfe eines Wörterbuchs zu lesen begann. Er fand nur weniges, das er auf den ersten Blick wiedererkannte. Er glaubte, daß es an ihm lag: Sein Französisch sei nicht gut genug, und er sei zu ungeduldig. Er war auf der Suche nach etwas, das er verwenden konnte, nach etwas, das zu dem Bild von der Welt paßte, wie es langsam in ihm Gestalt annahm.

Dann stieß er auf die Lyrik des Antwerpener Dichters Paul van Ostaijen. Der Funke sprang über, er hatte gefunden, was er suchte – in diesen vor langer Zeit geschriebenen Gedichten, die noch immer wie neu funkelten –, die Worte sprühten geradezu aus dem muffig riechenden Papier. An Antoinette dachte er in jenen Tagen nicht, nun ja, kaum. Einmal, von plötzlicher Lust erregt durch zwei Verszeilen von van Ostaijen – *und dein Mund / und deine Zähne beißen die erschlaffte Blüte* –, ging er zu dem französischen Reisebüro und stellte sich, halb hinter einem Baum verborgen, auf die andere Seite der Gracht. Es war spät am Nachmittag, die Büros schlossen gerade. Antoinette kam heraus. Sie sah eigentlich ganz normal aus. Wenn er ihr nicht im Jazzcafé vorgestellt worden wäre, mit allen sich daraus ergebenden Folgen, wäre sie ihm nie aufgefallen. Nur durch das Wasser von ihr getrennt, lief er ein Stückchen neben ihr her. Eigentlich hatte sie dicke Beine, aber unter all den Leuten auf der Straße wußte nur er, was es da noch zwischen diesen Beinen gab. Was sollte er tun? Die Brücke da vorn überqueren und sie »zufällig« treffen? Dann, so glaubte er, würde er sich freiwillig in Gefangenschaft begeben. Übertrieb er jetzt nicht etwas? Er war mit ihr ins Bett gegangen, das war alles. Es hatte Augenblicke gegeben, in denen er das zweischneidige Vergnügen noch einmal erleben wollte (schließlich hatte ihn das hierher geführt, genau dem Reisebüro gegenüber), aber jetzt überfielen ihn schon wieder Zweifel. Bei der Brücke bog sie in eine Seitenstraße ein. Er schaute ihr nach, bis sie seinem Blick entschwunden war. Mit einem Gefühl der Erleichterung sah er sie davongehen.

Ein paar Abende später besuchte Richard wieder das Jazzcafé. Die Freundin des Pianisten setzte sich zu ihm.

»Wir haben dich vermißt«, sagte sie.

»Ich habe gearbeitet.«

»Antoinette fragt, warum sie nichts mehr von dir gehört hat.«

»Arbeit«, wiederholte er.

»Du hättest doch wenigstens mal anrufen können.«

Er wollte sich nicht in die Ecke drängen lassen. Er war zu nichts verpflichtet. Wieso mischte sie sich überhaupt ein?

»Ich denke, daß die wahre Liebe fehlte«, sagte er. Wie kam er nur auf diesen altmodischen, onkelhaften Satz? Auf die Freundin des Pianisten machten die Worte jedoch Eindruck.

»Tja, das ist möglich«, sagte sie nachdenklich. »Na ja, du, sie hat schon wieder einen anderen.«

Das traf Richard denn doch, trotz seiner selbstbewußten Haltung, aber er ließ es sich nicht anmerken.

Ein paarmal war ihm jemand aufgefallen, der, so alt wie er, spät in der Nacht mit einem Skizzenblock unter dem Arm im Café erschien. Meistens setzte er sich in die Nähe der Musiker, schlug den Skizzenblock auf und begann zu zeichnen. Stundenlang. Richard spürte allmählich eine Art Verbundenheit mit ihm: Beide waren sie hier, um zu arbeiten, auch wenn er nicht stundenlang hintereinander schreiben konnte. Er war schon froh, wenn er mit ein paar guten Zeilen in der Tasche nach Hause ging, aber daran hatte er dann auch einige Stunden gesessen. Das meiste, was er schrieb, verwarf er, und das geschah im Kopf, so daß letztlich, anders als bei dem Zeichner, wenig aufs Papier kam. Eines Abends setzten sich der Pianist, dessen Freundin und der Zeichner zu Richard an den Tisch. Der Pianist, der den Zeichner auf einem Fest der Staatlichen Kunstschule kennengelernt hatte, machte sie miteinander bekannt. »Rik Sanders. Ton Verstrijden.« Der Zeichner riß ein Blatt aus seinem Skizzenblock und zeigte es Richard. Richard sah darauf eine Gestalt mit einem Stift in der Hand an einem Tisch sitzen und begriff, daß er es war.

»Ich habe gar nicht gemerkt, daß du mich gezeichnet hast«, sagte Richard.

»Du kannst es behalten«, sagte Ton.

»Gern. Aber ich habe kein Gedicht, das ich dir dafür geben könnte.«

Ton zeigte ihm seine Zeichnungen, die er an diesem Abend von den Jazzmusikern gemacht hatte.

»Vielleicht können wir etwas zusammen machen«, sagte er. »Du könntest Gedichte zu meinen Zeichnungen schreiben. Jazzgedichte. Und dann bieten wir das Ganze dem *New Jazz Magazine* an.«

»Phantastische Idee«, sagte Richard begeistert. »Kennst du da jemanden?«

»Nein, wir schicken es einfach hin. Die wären dumm, wenn sie es nicht nehmen würden.«

Da hatte Richard allerdings seine Zweifel. Es war schon wieder Monate her, daß er eine Auswahl seiner Gedichte an zwei Literaturzeitschriften geschickt hatte. Bisher hatte keine von beiden reagiert. Briefe (mit beigelegtem Rückporto), in denen er um die Rücksendung seiner Gedichte bat, blieben unbeantwortet. Man müßte jemanden in einer solchen Zeitschrift kennen, dem man die Sachen persönlich übergeben konnte. Vielleicht war er zu ungeduldig, aber schließlich wollte er sich irgendwann gedruckt sehen. Er war es übrigens nicht allein; sein Vater ließ in letzter Zeit durchblicken, er wolle endlich etwas von dem sehen, was er in seinen Sohn, den Dichter, investiert habe. »Ich unterhalte dich noch bis Ende des Jahres. Danach mußt du auf eigenen Füßen stehen. Such dir ruhig einen Job.« Es dauerte noch etwas, bis es Winter war. Darüber würde er sich dann den Kopf zerbrechen. An einen Job dachte Richard nur mit Entsetzen. Man konnte nachts im Hauptpostamt Briefe sortieren, hatte er gehört. Schon allein der Gedanke war ihm unerträglich. Es gab nur eine Sache, mit der er sein Geld verdienen wollte, und das war Schreiben. Als das *Jazz Magazine* durch Fürsprache ihres Freundes, des Pianisten, eine Zeichnung von Ton zusammen mit einem Gedicht von ihm annahm, wußte Richard, daß es der erste Schritt auf dem richtigen Weg war. Das Honorar war gering, es reichte gerade für ein Päckchen Zigaretten und einen Kinobesuch, aber es war selbst verdient. Und kurz darauf erhielt er endlich Post von einer Literaturzeitschrift, die drei seiner Gedichte veröffentlichen wollte. Stolz zeigte Richard den Brief herum, natürlich auch seinem Vater, der daraufhin beschloß, sich Zeit für seinen Sohn zu nehmen, und ihn einlud, abends nach der Vorstellung mit ihm im Américain groß essen zu gehen. »Und vielleicht darf ich jetzt auch mal endlich deine Gedichte lesen. Gib sie mir, dann lese ich sie in der Pause.« Richard wählte einige Gedichte aus und gab sie seinem Vater mit. Abends holte er ihn am Künstlereingang des Theaters ab. Während sie die Straße zum Américain überquerten, legte der Vater seinen Arm um die Schultern des Sohnes. »Ich bin stolz auf dich«, sagte er. Bei Tisch bestellte er eine Flasche Champagner. Sie tranken auf Richards Zukunft als Dichter.

»Ich kann nicht sagen, daß ich alle deine Gedichte verstehe. Ich bin mit Herman Gorter und J. H. Leopold groß geworden. Was du schreibst, ist anders, aber ich weiß, daß es Poesie ist«, sagte sein Vater. Er schloß die Augen und trug leise eines von Richards Gedichten vor. Es war, als läse er es innerlich, und Richard ließ sich von seinem eigenen Gedicht anrühren. Es war viel schöner, als er gedacht hatte, aber das lag natürlich daran, wie sein Vater es vortrug.

»Hast du das in der Pause auswendig gelernt?« fragte er bewundernd.

Sein Vater nickte. »Das ist nicht so schwierig, weißt du. Und wie soll es jetzt weitergehen?« fragte er.

»Weiterschreiben.«

»Das ist mir klar. Mit deinem Leben, meine ich. Du hast ein paar Liebesgedichte geschrieben. Hast du eine Freundin? Warum kenne ich sie nicht?«

»Das ist schon wieder vorbei.«

»In deinem Alter war ich immer verliebt. Ich bin zum Theater gegangen, weil ich einem Mädchen von der Schauspielschule begegnet war. Nun ja, das stimmt nicht ganz. Das hätte ich ohne sie wohl auch getan. Ohne Frauen geht es nicht im Leben. Aber wenn ich dir eines raten darf: Binde dich nicht zu früh. Kunst ist ein heiliger Auftrag. Alles andere spielt keine Rolle.«

Genau das empfand auch Richard.

»Ich will nach Paris«, sagte er. »Mit einem Freund.«
»Ja«, sagte sein Vater. »Und jetzt kommt natürlich die Frage, ob ich dir Geld geben will, damit du nach Paris gehen kannst. Habe ich recht?«
»Ja.«
»Es wäre besser, wenn du es dir selbst verdientest. Finanzielle Abhängigkeit ist Gift für Künstler.«
»Wenn ich die Schule abgeschlossen hätte, würde ich in ein paar Monaten studieren. Dann wäre ich auch finanziell von dir abhängig«, sagte Richard und sprach aus, was er sich ein paar Tage zuvor überlegt hatte.
»Es gibt Studenten, die für ihren eigenen Lebensunterhalt sorgen«, sagte sein Vater mit unüberhörbarer Ironie.
»Indem sie nachts Post sortieren?«
»Zum Beispiel. Warum nicht?«
»Papa, das ist nichts für mich. Dann hätte ich ebensogut auf der Schule bleiben können.«
»Das wäre sowieso besser gewesen, meinst du nicht?«
»Nein, das meine ich nicht.«
Sie schwiegen.
Geld war nicht das glücklichste Gesprächsthema, dachte Richard. Nicht zufällig hatte sein Vater Triumphe in Molières Komödie *Der Geizige* gefeiert. Mußte er sich also doch Arbeit suchen? Alles in Richard wehrte sich dagegen. Wenn man arbeitete, mußte man mit Menschen umgehen, die nichts mit Kunst anfangen konnten, für die Künstlersein eine Art Abweichung war, etwas, das sie bedrohte. Antoinette meinte, daß die Leute in Frankreich mehr Achtung vor Künstlern hätten. So etwas brauchte man hier nicht zu erwarten. Sein Vater behauptete selbst, die meisten Holländer würden Schauspieler

noch immer als fahrendes Volk betrachten, nach dem Motto: Hol die Wäsche rein, die Komödianten kommen.

»Dieser Freund, mit dem du nach Paris willst … was macht der?« fragte sein Vater.

»Er zeichnet. Er ist sehr gut«, sagte Richard begeistert. Vielleicht war doch nicht alle Hoffnung verloren. Sein Vater hielt die Tür noch offen. Dumm, daß er ihm das Jazzmagazin nicht gezeigt hatte.

»Wir machen was zusammen.«

»Und was?« fragte sein Vater.

»Zeichnungen mit Gedichten«, präzisierte Richard ungeduldig.

»Verdient dein Freund … wie heißt er?«

»Ton. Ton Verstrijden.«

»Verdient dein Freund Ton sich sein Geld selbst?«

Er fing schon wieder damit an.

»Nein, noch nicht. Er kriegt einen Zuschuß von seinen Eltern.«

»Es ist alles so einfach heutzutage«, sagte Richards Vater. »Aber gut, ich werde darüber nachdenken.«

Ein Verehrer kam an ihren Tisch und bat Richards Vater, das Programmheft zu signieren. Der setzte seinen Namen in das Heft, groß und mit schwungvollen Schnörkeln, und schob es Richard hinüber.

»Und ein Autogramm von meinem Sohn, dem Dichter«, sagte er. »Bewahren Sie es gut auf. Später ist Ihr Programm Gold wert.«

Richards und Tons Freund, der Pianist, war nach Paris vorausgefahren. Er hatte nicht nur Bud Powell getroffen, sondern auch Arbeit in einem Jazzclub gefunden.

»*The chicks are great in Paris*«, schrieb er. »Ihr müßt kommen. Vertrödelt nicht eure Zeit in Amsterdam. Ich habe ein Zimmer für euch im Fünften, die Miete ist nicht hoch, aber ihr müßt euch beeilen, sonst ist es weg.«

Die Bahnfahrt war teuer, gemessen an dem Geld, das sie zur Verfügung hatten. Sie beschlossen, per Anhalter zu fahren, als Richard auf eine andere Idee kam, die er zögernd vorbrachte, obwohl er es eigentlich nicht wollte.

»Ich kenne da ein Mädchen in einem französischen Reisebüro, das heißt, wenn sie dort noch arbeitet. Ich habe sie schon eine ganze Weile nicht mehr gesehen. Wie auch immer, sie hat mir erzählt, daß das Reisebüro Busreisen nach Paris organisiert und daß manchmal Plätze frei sind, weil Fahrgäste im letzten Moment absagen. Dann müßten wir nur die Bearbeitungsgebühr bezahlen.«

»Worauf wartest du noch?« fragte Ton. »Los, nimm den Hörer.«

»Ich weiß nicht, ob sie mich noch sehen will«, sagte Richard.

»Versuch es doch.«

»Ich weiß nicht, ob ich sie noch sehen will.«

»So kommen wir nie nach Paris.«

Richard holte ein paarmal tief Luft, rief im Reisebüro an und fragte nach Antoinette, halb in der Hoffnung, daß sie nicht mehr dort arbeitete. So schlimm war es nun auch wieder nicht, per Anhalter zu fahren.

»Antoinette.«

Sowie er ihre Stimme hörte, spürte er Erregung.

»Richard.«

»Richard? Das ist lange her. Warum rufst du an?«
»Ich möchte dich sprechen.«
»Welch eine Ehre.«
»Es ist wichtig. Ich habe viel an dich gedacht. Ich kann dir alles erklären.«
Mit erstaunlicher Mühelosigkeit kamen Richard die noch nie zuvor benutzten Klischees über die Lippen. Auf der anderen Seite der Leitung gingen sie herunter wie Öl. Früh am nächsten Morgen schlich er, mit einer Haut voller Schrammen, zerbissener Unterlippe und brennendem Geschlecht, aus Antoinettes Haus. Die Straßen waren noch leer. Der Tag dämmerte herauf. Paris, wir kommen!

7

Richard hatte das Sélect, das sich inzwischen zum Lunch mit Gästen gefüllt hatte, verlassen und ging nun die in tiefem Schatten liegende Rue Delambre hinauf. Hier war Tovèrs erstes Atelier gewesen, aber er wußte nicht, in welchem Haus. Die Straße führte zum Boulevard Edgar Quinet, wo es sonnig war. Die letzten Stände des morgendlichen Marktes wurden gerade abgebrochen, und nur ein paar vom Alter gebeugte Gestalten suchten tastend in den zurückgelassenen Kisten nach Eßbarem. Noch trennte ihn fast der ganze Nachmittag von der Verabredung mit Tovèr, und er wußte nicht, was er bis dahin tun sollte. Er hatte schlecht geschlafen; vielleicht sollte er ins Hotel gehen und sich ins Bett legen. Er erinnerte sich an das Gespräch mit den niederländischen Touristen beim Frühstück, er hatte ihnen wie ein versierter Paris-Kenner gute Ratschläge gegeben. In Wirklichkeit, begriff er auf einmal mit aller Deutlichkeit, hatte es ihn niemals in dieser Stadt gegeben. Nur in seiner Jugend, die vergangen war, hatte er hier für kurze Zeit existiert, und sogar das war unbemerkt an der Stadt vorübergegangen. Vielleicht hätte er hier heimisch werden können, wenn er geblieben wäre, aber er hatte die Chance nicht genutzt. Er war ein Tourist unter Touristen, der fälschlicherweise das Gefühl hatte, mehr zu sein als nur ein Tourist. Vielleicht galt das für sein ganzes Leben, vielleicht schrieb er nur, um sich selbst zu beweisen, daß er mehr war als andere

Menschen, nicht ebenso hilflos auf die Erde geworfen. Jetzt war er in Paris, um ein Buch, das *Die Kunst des Vergessens* hieß, aus der Taufe zu heben, den armseligen Beweis seiner Existenz, einen selbstverfaßten Ausweis, mit dem er sich durchs Leben mogelte. Was wollte er eigentlich vergessen? Daß er geboren war? Sein ganzes Schreiben war wie ein dünner Firnis. Wenn man die Worte wegkratzte, blieb nichts übrig. Er ging weiter den Boulevard entlang, Richtung Rue du Départ, und kam an einem kleinen Cabaret vorbei, das es schon gab, als Tovèr und er noch in Paris lebten. Auf einer ihrer langen Wanderungen durch die Stadt fanden sie einen Hundertfrancschein vor dem Eingang des Theaters. Es war ein heißer Sommerabend. Es hatte gewittert und danach Bindfäden geregnet, jetzt war die Stadt frisch und sauber, wie neugeboren. Vorsichtig lösten sie den Geldschein vom nassen Bürgersteig und legten ihn zwischen die Seiten von Tovèrs Zeichenblock. Sie waren sich schnell darüber einig, daß sie noch am selben Abend das ihnen in den Schoß gefallene Geld verjubeln wollten. Zurückgekehrt in ihr *quartier*, lasen sie auf dem Boulevard Saint-Michel zwei amerikanische Mädchen auf, wobei Tovèr die Initiative ergriff – Richard war kein Draufgänger. Die Mädchen besuchten an der Sorbonne einen Sommerkurs in Französisch. Sie kamen aus Rhode Island, ihre Eltern waren befreundet mit Norman Mailer und kannten Jackson Pollock. Namedropping ging Ruth und Miriam leicht von den Lippen. Tovèr und Richard warteten im Gegenzug mit Picasso und Sartre auf. Sie luden die Mädchen in ein Restaurant an der Place Saint-André-des-Arts ein, und nach dem Essen spazierten sie unter einem funkelnden Sternenhimmel die Seine entlang. Die Luft war mild, und Ruth und Miriam ließen sich küssen und betasten, mehr erlaubten sie nicht. Auch eine Einladung in Tovèrs und Richards Zimmer schlugen sie aus. Es war schon spät. In der Pension, in der sie untergebracht waren, wurden sie ungeduldig erwartet. Tovèr und Richard rangen ihnen für den nächsten Tag eine Verabredung am Wasserbecken im Luxembourg ab, aber die Mädchen tauchten nicht auf. Sie kamen zu dem Schluß, daß amerikanische Mädchen oberflächlich und unzuverlässig seien.

In trübe Gedanken über die Nutzlosigkeit seines Lebens versunken, ging Richard die Rue du Départ hinunter bis zur Metrostation Montparnasse-Bienvenue an der Place du 18 Juin 1940. Er klammerte sich an den Namen und wurde in einen Strom von Menschen aufgenommen, die alle ein Ziel hatten oder zu haben schienen und zu denen er einfach nicht gehörte. Nur die Buchstaben auf den Straßenschildern verbanden ihn noch mit dem Dasein. Er blieb an einem Kiosk gegenüber der Metrostation stehen und kaufte *Le Monde*, in dem Versuch, zurückzukehren in die Welt, in der er sich befand. Der französische Präsident lag wieder einmal im Clinch mit seinem Premierminister. Die staatliche Ordnung schien ins Wanken zu geraten, so stellte man es wenigstens dar. In Frankreich wußte man das nie. Alles spielte sich hinter den Kulissen ab, was an die Öffentlichkeit kam, war allenfalls die halbe Wahrheit. Liebhaber des politischen Spiels kamen in Frankreich reichlich auf ihre Kosten.

Was jetzt? Dann also der Eiffelturm, nun, da er doch ein Tourist war. Vielleicht hätte er besser die *Herald*

Tribune kaufen sollen oder eine niederländische Zeitung, aber die gab es an dem Kiosk nicht. Er studierte den Metroplan. Die Haltestelle Bir-Hakeim lag dem Eiffelturm am nächsten.

Seine neue Rolle als Tourist erforderte Anpassung. Er wollte ein normaler, unauffälliger Tourist sein, also sollte er in der Metro besser nicht *Le Monde* lesen, denn das konnte angeberisch wirken, ein Tourist, der *Le Monde* las. Ein Teil der Strecke verlief oberirdisch über dem Boulevard de Grenelle. Er schaute interessiert hinaus, anders als seine französischen Mitfahrenden, für die die Häuser des Boulevard nichts Besonderes mehr waren und die ein Buch lasen oder in Gedanken vor sich hin starrten. Richard war nicht der einzige Tourist; in seiner Nähe stand eine Gruppe Jungen und Mädchen mit Rucksäkken und einer Wasserflasche, die sie herumreichten. Sie waren Touristen, ohne jeden Skrupel, lachten viel und unterhielten sich lautstark in einem englischen Dialekt, den Richard nicht verstand. Sie waren jung und unverdorben, stellte er sich vor, mit etwas Sehnsucht nach seiner eigenen Jugend, als alles noch beginnen sollte. Unverdorben war nicht das richtige Wort, unwissend oder arglos wäre passender. Und auf einmal war man alt, und man wußte die verkehrten Dinge, und es war unmöglich geworden, in jenes Nicht-Erwachsensein zurückzukehren, als man noch von nichts wußte. Die Wirklichkeit bot keine Lösung; nur beim Schreiben konnte er auf seinem eigenen Weg zurückgehen, noch einmal von vorn beginnen, Fehler berichtigen oder vermeiden. Er konnte eine Mutter länger leben lassen, einer Frau anstelle von zwei Fehlgeburten ein gesundes Baby verschaffen, einen Menschen, der sich lähmenden Grübeleien hingab, mit ein paar Federstrichen in einen Sonnyboy verwandeln.

An der Haltestelle Bir-Hakeim stieg er aus und ließ sich, eingekeilt in der Menge, von der Rolltreppe nach oben führen, dem Tageslicht entgegen. Die Rolltreppe war breit und noch aus Holz, wie früher. Vor ihm stand ein Mann mit schwarzem zurückgekämmtem Haar in einem gepflegten dunkelbraunen Anzug, der sich, als sie schon fast oben waren, plötzlich bückte, wie um etwas aufzuheben, und sich dabei halb zu Richard umwandte. Richard stieß gegen ihn. Von einem Augenblick auf den anderen entstand ein Stau. Leute zwängten sich an Richard vorbei. Während er nach hinten zu fallen drohte und die Rolltreppe unter ihm wegglitt, fühlte er die Hände des Mannes im gepflegten dunkelbraunen Anzug blitzschnell seinen Körper abtasten. Wild nach dem Dieb tretend, fing Richard einfach an zu schreien. »Verpiß dich, Arschloch!« rief er, auf die abschreckende Wirkung der niederländischen Sprache vertrauend. Der Mann zögerte kurz – fast schien es, als wollte er sich entschuldigen – und rannte davon. Jemand half Richard auf, ein anderer reichte ihm sein Portemonnaie, das der Mann auf seiner Flucht zurückgelassen hatte. Sein Geld steckte noch darin. Rasch hatte sich die kleine Menschentraube, die sich besorgt und neugierig um Richard gebildet hatte, zerstreut, und er blieb allein zurück, staunend über das für seine Verhältnisse ziemlich beherzte Verhalten. Jedenfalls brauchte er sich nicht wie ein Opferlamm vorzukommen. Müßten jetzt nicht eigentlich seine Beine zittern? Im Gegenteil. Er hatte eher das Gefühl, daß der Vorfall ihm gutgetan hatte. Er hatte ihn unsanft wachgerüttelt aus den trüben Gedanken, in die er sich kurz zuvor noch hatte hineinsteigern wollen.

Gut gelaunt lief er über den Quai Branly in Richtung Eiffelturm. Die Müdigkeit, die er den halben Tag über in seinem Körper gespürt hatte, war verschwunden. Paris hatte ihn kurz berührt. Aber dazu mußte man mitten in Paris sein und nicht über der Stadt, merkte er, als er auf der obersten Ebene des Turms stand, der mit den Beinen schon über ein Jahrhundert fest in die Erde gepflanzt war. Die Aussicht war grandios, aber sie sagte ihm nichts. Das einzige, was ihn fesselte, waren die Schatten der Wolken, die schnell über die Dächer dahinzogen und immer wieder andere Teile der Stadt bedeckten oder freigaben. Menschen waren aus dieser Höhe kaum zu erkennen. Er blickte nach oben zum Sendemast, der die Spitze des Turms bildete, und merkte, daß ihm schwindlig wurde. Er suchte Halt an der Balustrade. Um sich herum hörte er die Stimmen der anderen Touristen: Englisch, Japanisch, Deutsch, Schwedisch und ab und zu ein paar Worte Französisch. Mit seiner eigenen Sprache konnte er nirgendwo etwas anfangen. Wollte man als Niederländer die Welt kennenlernen, dann war man sein Leben lang gezwungen, andere Sprachen zu sprechen. Bevor er sich wieder von fruchtlosen Gedanken auffressen ließ, fuhr er im Fahrstuhl hinunter ins Erdgeschoß. Dort, in der Menschenmenge am Fuß des Eiffelturms, sah er plötzlich ein bekanntes Gesicht. Es war der englische Schriftsteller, dem die Kreditkarte gestohlen worden war. Mit hoch erhobenem Regenschirm führte er eine Gruppe folgsamer Chinesen zu den Schaltern. Plötzlich wurde Richard bewußt, daß gerade mal ein Tag seit dem Lunch mit Alain vergangen war.

Es war immer noch zu früh für Tovèrs Galerie. Er schlenderte, am Seineufer entlang, zurück bis Bir-Hakeim. Auf dem Fluß fuhr ein Ausflugsdampfer vorbei. An Deck erklang Akkordeonmusik. Er blieb stehen und versuchte, seine Landsleute zu entdecken, mit denen er sich morgens beim Frühstück unterhalten hatte. Er sehnte sich nach etwas Bekanntem, und sei es noch so entfernt. Beim Pont de Bir-Hakeim stieg er die Treppe hinunter zur Allée des Cygnes, einer langgestreckten, künstlich angelegten Seineinsel. An ihrer Spitze stand das auf fast menschliche Proportionen reduzierte Replikat der Freiheitsstatue in New York, dem einstigen Geschenk der Franzosen an Amerika. Die Kopie hier in verkleinertem Maßstab war ihrerseits eine Gabe der französischen Kolonie in Amerika an die Stadt Paris. Ein merkwürdiges Geschenk, dachte Richard; es hatte etwas Eigenbrötlerisches an sich. Hätten sie nicht lieber einen überdimensionalen Indianer schicken können? Aber auch in ihrer neuen Heimat schworen die Franzosen offensichtlich auf das, was sie kannten. Beim Pont de Grenelle stieg er wieder nach oben und lief den Quai entlang zurück bis Bir-Hakeim.

In einer Grünanlage gegenüber der Metrostation stand jetzt ein Denkmal. Hier, unweit der Freiheitsstatue, hatte früher das Vélodrome gelegen, von wo aus während des Zweiten Weltkriegs französische Juden ins Nichts deportiert wurden. Wie um diesen Schandfleck aus dem Gedächtnis zu löschen, hatte man die Radrennbahn nach dem Krieg abgerissen. Die Länder Europas waren durch solche Plätze miteinander verbunden. In Amsterdam war es die Hollandsche Schouwburg, sie war erhalten geblieben. Gerda brachte jedes Jahr zusammen mit Richard Blumen dorthin, eine Geste der Hochachtung vor ihrer Großmutter, die als Mitglied einer Widerstandsgruppe Kinder aus der Schouwburg geschmuggelt hatte.

Nicht lange nachdem er aus Antwerpen in die Niederlande zurückgekehrt und sein erster Roman ein unerwarteter Erfolg geworden war, begegnete Richard Sanders Gerda Stelbos. Das war bei einer damals populären Radiosendung, die aus einem Café am Rembrandtplein übertragen wurde. Richard las dort ein Stück aus dem neuen Roman, an dem er gerade arbeitete, und gab auf die insistierenden Fragen des Moderators nach seiner Zukunft zu, daß sie, soweit er das vorhersagen könne, vermutlich in Paris liegen würde. Der Interviewer heuchelte Überraschung. Amerika war inzwischen *in*, sein Sender spielte den lieben langen Tag Country and Western, wer als Künstler etwas auf sich hielt, bereitete jetzt seine Reise nach New York vor.

»Paris???«

»Jawohl.«

»Das französische Chanson, Fischernetze, Kerzen, Baguettes und Baskenmützen?« fragte der Moderator mit fast unverhohlener Verachtung.

»Holländische Provinzler denken, das sei Paris. Ich habe noch nie ein Fischernetz in Paris gesehen, und Baskenmützen werden nur von den reaktionären schwarzen Katholiken getragen, und außerdem kannst du ganz Amsterdam in ein einziges Pariser Arrondissement stekken«, sagte Richard. »Im übrigen habe ich nichts gegen das französische Chanson, und alle amerikanischen Jazzmusiker von Rang leben in Paris. Um nur einiges zu nennen.«

Der Interviewer schien nicht überzeugt.

»Alles, was du bisher geschrieben hast, spielt in den Niederlanden. Wirst du in Paris deine *roots* nicht vermissen?«

»Meine was?«

»Deine *roots*. Deine Sprache, das Niederländische.«

»Warum sagst du *roots*?«

»Ich stelle hier die Fragen«, sagte der Moderator. Er hörte sich an wie ein Lehrer, der einen Schüler zur Ordnung ruft. Und er fuhr fort: »Mit diesem Buch hier hast du also Erfolg – aber wovon handelt es um Gottes willen?«

»Hast du es gelesen?« fragte Richard.

Der andere nahm das Buch, das vor ihm auf dem Tisch lag, blätterte es blitzschnell durch und legte es mit einem Knall auf den Tisch zurück.

»Ich habe es gelesen«, sagte er.

Das Publikum lachte. Er grinste und schaute, noch mehr Beifall heischend, in die Runde.

Richard mußte sich an den neuen niederländischen Stil erst gewöhnen. Er dachte an die Interviews in Antwerpen – ein Schriftsteller, der von der anderen Seite der großen Flüsse kam und sich in Antwerpen niederließ, hatte Seltenheitswert. Die Redakteure waren höflich, hatten seine Bücher gelesen und luden ihn zum Lunch in ein gutes Restaurant ein. Hier aber verlangte der neue Stil, daß der Interviewer fortwährend versuchte, den Interviewten auszutricksen. Der sollte sich ja nichts einbilden, nur weil er zufällig ein Buch geschrieben hatte. Er war ein notwendiges Übel, und seine einzige Aufgabe bestand darin, den Interviewer mit Stichworten zu versorgen. Wenn man dieses Interview neuen Stils überlebt hatte, bekam man eine Flasche billigen Rotwein mit nach Hause, der einem hinterher noch lange im Magen liegen würde.

Der Moderator war offenbar zu der Einsicht gekommen, daß mit Richard weiter keine Ehre einzulegen war. »*Merci beaucoup*, Richard Sanders, und vergiß nicht, Maurice Chevalier zu grüßen«, beendete er abrupt das Gespräch. Das Publikum lachte erneut, und die Kapelle setzte mit einem Country and Western ein. Während die Musik spielte, nahm eine schöne junge Frau an dem Tisch Platz, den soeben ein leicht fassungsloser Richard verlassen hatte. Sie hatte langes dunkles Haar, das ihr halb den Rücken hinabhing, und wenn ihr Gesicht ohne Regung war, ähnelte sie der Mona Lisa: dasselbe kleine Lächeln, das Richard später in manchen Augenblicken schrecklich irritieren sollte. Jetzt hielt ihn dieses Lächeln davon zurück, das Radiocafé zu verlassen, denn seiner Meinung nach hatte er hier nichts mehr verloren. Würde der Interviewer die Frechheit besitzen, sich einer Frau gegenüber genauso aufzuführen? Er beschloß zu bleiben. Die Musik endete, das Publikum applaudierte, und der Moderator setzte sich wieder in Positur.

»Gerda Stelbos«, sagte er. »Erzähl doch mal, brennst du auch vor Verlangen, nach Paris zu gehen, wie unser berühmter Schriftsteller?«

»Nicht unbedingt«, antwortete Gerda. »Hier gibt es genug zu tun.«

»O ja? Und was?«

»Nun, solange die Stellung der Frau …«

Der Interviewer unterbrach sie. Er studierte den Umschlag eines Buches, das vor ihm lag.

»Ja, die Stellung der Frau. Unterhalten wir uns darüber. Ich hab hier deine Doktorarbeit.«

Mit zunehmender Verachtung in der Stimme las er den Titel der Doktorarbeit vor. »*Frauen – das starke Geschlecht. Eine Untersuchung über die Stellung der Frau in der zweiten Hälfte des Jahrhunderts.* Verflixt noch mal, Gerda. Hat ein so schönes Mädchen wie du nichts Besseres zu tun, als diese Sorte trockener Texte zu produzieren?«

Gerda zögerte kurz.

»Nein«, sagte sie dann. »Solange aufgeblasene Zwerge wie du rumlaufen, habe ich nichts Besseres zu tun.«

Das Publikum lachte nervös.

»Dann erzähl dem aufgeblasenen Zwerg mal von deiner Untersuchung.«

Das Publikum lachte erleichtert.

Gerda legte los. Und während sie erzählte, wie ihre Untersuchung Beweise dafür liefere, daß der Vormarsch der Frau zu gesellschaftlichen Schlüsselpositionen als eine direkte Folge von 1968 nicht mehr aufzuhalten und jetzt bereits sichtbar sei, auch wenn diese Tatsache noch nicht zu den Herren der Schöpfung, die sich ihre Scheuklappen nicht so schnell nehmen ließen, durchgedrungen sei, täuschte der Interviewer, eifrig nickend, zunächst Aufmerksamkeit vor, ließ dann Zeichen der Ungeduld erkennen, gähnte lauthals, blickte auf die Uhr und unterbrach Gerda schließlich: »Nun ist es genug, Püppchen. Genug Emanzipation für heute. Jetzt zu deinem spannenden Liebesleben. Welcher Mann ist der Glückliche? Oder stehst du auf Damenliebe?«

»Ist das das einzige, was dich interessiert?«

»Ich stelle hier die Fragen.«

»Aber mir nicht mehr.«

Und weg war sie.

Obwohl es vielleicht nicht der geeignetste Augenblick war, folgte Richard seinem männlichen Instinkt und lief hinter Gerda Stelbos her, hinaus auf das Rembrandtplein.

»Entschuldigung, aber …«

Sie blickte irritiert zur Seite, als er sie ansprach, erkannte ihn dann aber.

»Oh, Sie sind es …«

»Richard«, sagte Richard schnell und streckte ihr seine Hand hin, die sie nach kurzem Zögern nahm.

»Gerda.«

Na, also!

»Gut, daß du weggegangen bist«, sagte Richard. »Darauf bin ich nicht gekommen.«

»Eine Schande, wie der Sie behandelt hat …«

»Du. Sag, bitte, du.«

»Okay, du. Wie der dich behandelt hat. Da hätte ich natürlich gewarnt sein müssen.«

»Wir lassen uns dadurch die Laune nicht verderben«, sagte Richard. »Hast du ein bißchen Zeit? Wollen wir noch etwas zusammen trinken?«

»Ach ja«, sagte Gerda, ohne lange nachzudenken.

So begann ihre Beziehung, aus der ein paar Jahre später eine Ehe wurde.

Richard wußte nicht, ob er überhaupt heiraten wollte,

aber er fand nicht die passenden Gegenargumente. Die Ehe widersprach eigentlich dem Zeitgeist. Man lebte zusammen. Man experimentierte mit »Formen des Zusammenlebens«. Richard war zufrieden mit seiner Arbeit. Gerda hatte eine Stelle im Rathaus, im Sozialamt. Sie kamen gut miteinander aus. Es war wie selbstverständlich, daß sie zusammenlebten. Richard hatte sich über das Wort »Liebe« keine großen Gedanken gemacht, aber was sie erlebten, mußte wohl Liebe sein. Er fühlte sich wohl. Es hatte etwas Beruhigendes, nicht mehr auf die Jagd gehen zu müssen, und es kam seiner Arbeit zugute, daß er dafür immer weniger romantische Impulse brauchte. Sein Traum von Paris rückte in den Hintergrund, obwohl er nie ganz aus seinen Gedanken wich und wieder aufflackerte, als Tovèr auf einen Blitzbesuch nach Amsterdam kam, kurz nachdem Richard Gerda kennengelernt hatte.

Sie aßen zu dritt in einem Restaurant am Museumplein. Tovèr war gerade in einem Stadium zwischen zwei Freundinnen, wie er sich ausdrückte. Er hatte vor, aus Paris wegzuziehen, in ein Atelier in der Provence. Viele Kollegen verließen Paris. Die Stadt stand zunehmend im Zeichen politischer Auseinandersetzungen, es gab Anschläge und Verhaftungen. Auf der Straße wurde man dauernd kontrolliert, wenn man auch nur irgendwie auffällig aussah. »Erinnerst du dich noch an den spanischen anarchistischen Drucker von gegenüber? Den hat man ermordet in seiner Werkstatt aufgefunden, vor ein paar Monaten. Sie schieben den Basken die Schuld in die Schuhe, aber jeder weiß, daß der französische Geheimdienst dahintersteckt.« Die Pariser Kunstszene war an einem toten Punkt angelangt. Der Ort, wohin man ging, war natürlich New York. Dort war alles möglich. Richard konnte es nur schwer glauben. Wie lange war es her, daß Tovèr und er in Paris gelebt hatten? Soviel konnte sich doch nicht geändert haben. Vielleicht galt das für bildende Künstler und ihre Galerien, die sich gern in der Nähe vom großen Geld etablierten. Unsinn, sagte Tovèr, es gebe eine neue Mentalität in der Kunst, eine neue Vitalität. In Frankreich, und das könne man auf ganz Europa beziehen, liege alles danieder. Man sonnte sich in einer fruchtlosen Selbstgefälligkeit. Richard teilte diese Überzeugung nicht, vielleicht sahen diese Dinge für Schriftsteller anders aus als für Maler.

Nach dem Essen bestellten sie noch ein Flasche Wein. Gerda, die wenig gesagt hatte, ging nach Hause. »Schläfst du bei mir?« fragte Richard. »Du hast den Schlüssel.« Aber sie wollte in ihre eigene Wohnung. »Ich muß früh raus.«

»Glückwunsch«, sagte Tovèr, als sie allein waren. »Ein schönes Mädchen. Etwas still. Was macht sie eigentlich?«

»Sie hat gerade ihr Studium abgeschlossen. Politik und Sozialwissenschaften.«

Viel mehr wußte Richard auch nicht. Für Politik interessierte er sich nur bis zu einem gewissen Grade. Natürlich war er links, wie die meisten Leute in seiner Umgebung. Das war selbstverständlich. Das war nichts, worüber man nachzudenken brauchte. Das Nachdenken wollte er sich fürs Schreiben aufheben. Kunst war unendlich viel wichtiger, doch gelegentlich konnte man als Künstler seinen Namen für eine gute Sache hergeben. Das sollte man nicht unterlassen, derartige Zeichen der Verbundenheit mit dem Wohl und Wehe der Gesellschaft machten den eigenen Namen bekannt, ohne daß man viel dafür zu tun brauchte. Auch gab es einem für kurze Zeit das Gefühl, etwas unterstützt zu haben, was zumindest nicht von Nachteil für die Menschheit war. Die Zeit im Elfenbeinturm war vorbei. Das Links-Sein war ihm eher zugeflogen, er hatte es nicht wie Gerda, die aus einer alten sozialdemokratischen Familie stammte, sozusagen mit der Muttermilch eingesogen. Richard konnte sich nicht erinnern, daß sein Vater jemals mit ihm über Politik geredet hätte. Wenn er überhaupt einen politischen Standpunkt hatte, war er wahrscheinlich eher konservativ wie die meisten seiner Kollegen. Ausgesprochen links orientierte Schauspieler waren selten. Sein Vater abonnierte den *Elsevier* und den *Telegraaf*; der *Telegraaf* brachte schon in aller Herrgottsfrühe die ersten Theaterkritiken und zeigte echtes Interesse am Theaterleben. Während die Premierenfeier noch in vollem Gange war, brachte ein Kurier schon die ersten Exemplare, feucht von Druckerschwärze, so daß die Schauspieler lesen konnten, wie sie vor wenigen Stunden angekommen waren.

Richard sah seinen Vater nicht oft. Sein Leben war so ausgefüllt mit seiner Karriere als erfolgreicher Schriftsteller, daß wenig Raum für familiäre Verpflichtungen blieb. Auch schien sein Vater nicht besonders darauf versessen zu sein, seinen Sohn zu sehen. Er hatte sich von der Bühne zurückgezogen, als eine neue Generation folgte, die wenig Achtung vor den großen alten Mimen hatte. Die Tradition, in der er groß geworden war, wurde als überholt angesehen und wie eine alte Kulisse ins

Museum gestellt. Die Zeit des Ruhms und der rauschenden Feste war vorüber. Sein Vater war rasch gealtert und lebte von einer kleinen Rente. Von seiner einst kraftvollen männlichen Erscheinung, wie geschaffen für große Rollen, war wenig übriggeblieben. Mager, gebeugt und grau geworden, schlurfte er, gestützt auf seinen Stock, über die Straße, wo ihn, anders als früher, niemand mehr erkannte. Bei seinen seltenen Besuchen stellte Richard an seinem Vater nur noch Lustlosigkeit und Verbitterung fest. Alles, was an seine ruhmreiche Vergangenheit als Schauspieler erinnerte, hatte er aus dem Haus verbannt, so wie er es einst mit den Fotos und Kleidern von Richards Mutter getan hatte. Von einem Schauspieler bleibt wenig übrig, wenn er nicht mehr auf den Brettern steht. Die Rolle »normaler Mensch« hatte er nicht gelernt. Um seine selbstgewählte Einsamkeit einigermaßen erträglich zu gestalten, ließ er den ganzen Tag über den Fernseher laufen, von dem er, auch wenn Richard da war, kaum die Augen abwandte. Sagte er etwas, geschah es in einem abschätzigen Ton.

»Ich habe dich in der sogenannten Kultursendung gesehen«, sagte er.

»Und? Wie fandest du es?«

»Deutliches Ar-ti-ku-lie-ren hast du immer noch nicht gelernt. Übrigens brabbelte jeder so modern vor sich hin. Und warum spricht das weibliche Geschlecht das E-i konsequent wie A-i aus?«

»Und sonst ist dir nichts aufgefallen?«

»An nichts kann einem nichts auffallen.«

Richard seufzte. Das führte zu nichts. Sein Vater hatte sich eingemauert in Groll und Ablehnung. Ein einziges

Mal nahm er Gerda mit, kurz vor ihrer Heirat. Sie hatte ihn lange gedrängt. »Erwarten Sie nichts von mir, Juffrouw Stelbos«, sagte sein Vater bei der Begrüßung. »Ich bin ein alter Mann, des Daseins überdrüssig.«

»Meine Eltern haben Sie noch auf der Bühne gesehen.«

»Ach ja, das war einmal.«

Nachdem sie eine Weile verlegen beieinander gesessen hatten – Gerda hatte Tee gemacht –, nahm Richard Gerda mit nach oben, um ihr sein altes Zimmer zu zeigen. Alles war noch so, wie er es einst verlassen hatte. Hier hatte er sein erstes Gedicht geschrieben und von Mädchen geträumt. Ihm wurde klar, daß noch nie ein Mädchen in diesem Zimmer gewesen war. Er umarmte Gerda in plötzlicher Erregung und schob sie mit sanftem Druck in Richtung Bett.

»Nein«, sagte Gerda. »Nicht hier.«

»Gerade hier«, sagte Richard, während er ihre Pobakken unter dem Rock streichelte. »Ein bißchen Leben kann diesem Haus nicht schaden.«

»Aber wenn dein Vater …«

»Der verläßt seinen Sessel nicht.«

Als sie wieder nach unten kamen, sah Richards Vater ein Fußballspiel und schien sie vergessen zu haben. Richard blickte Gerda fragend an. Sie nickte.

»Geht der Ton etwas leiser?« bat Richard. »Wir haben dir etwas zu sagen. Gerda und ich werden heiraten.«

»Heiraten? Haltet ihr das für eine gute Idee? Wie lange seid ihr jetzt zusammen?«

»Drei Jahre.«

»Drei Jahre. Und dann auf einmal heiraten. Warum?«

»Aus Liebe«, sagte Gerda.

»Und es scheint uns auch praktischer«, sagte Richard. »Wir möchten Kinder haben.«

»Mir hat die Heirat nur Elend gebracht. Wenn ihr den Rat eines alten Mannes hören wollt: Laßt es. Das erspart euch später die Mühe der Scheidung.«

»Dein Vater ist unglücklich«, sagte Gerda, als sie wieder draußen waren. »Er sieht schlecht aus. Meiner Meinung nach ist er krank.«

»Das hat er sich selbst zuzuschreiben. Er ist ein gefühlloser, egozentrischer alter Sack. Gefühl besaß er nur auf der Bühne. Dann schien er wirklich ein Mensch zu sein.«

»Er müßte zu einem Psychiater. Und zum Arzt.«

»Das würde er niemals tun. Unwissenheit ist sein bester Schutz.«

Tief in seinem Innern teilte Richard die Skepsis seines Vaters gegenüber der Ehe. Sie schien seine Vorstellung von Freiheit, von Selbstbestimmung über das eigene Tun und Lassen einzuschränken. Die Egozentrik, die er seinem Vater vorwarf, war auch ihm nicht fremd. Gerda gegenüber hatte er seine Zweifel nie zugegeben, weil er sie insgeheim als Schwäche ansah. Es war Gerdas Idee gewesen zu heiraten, und das hatte ihn überrascht. Er hatte immer gedacht, die Ehe stünde der Emanzipation der Frau im Wege, aber dieser Standpunkt schien in den fortschrittlichen Kreisen, in denen Gerda sich bewegte, schon wieder überholt zu sein. Wenn man den Kampf um die Gleichberechtigung nicht marginalisieren wollte, mußte man im Gegenteil gerade teilnehmen an dem, was die Gesellschaft anbot, und die alten Formen nicht zerbrechen, sondern sie mit neuem Leben füllen.

Ein paar Wochen, nachdem Gerda ihre Arbeit im Gemeinderat aufgenommen hatte, wurden Richard und sie vom Bürgermeister getraut. Es waren viele Fotografen da, denn diese Heirat war ein Foto wert: Richard Sanders, der Schriftsteller, der landesweit bekannt war, und die hübsche Gerda Stelbos, das jüngste Gemeinderatsmitglied in den Niederlanden. Richard schob seine Bedenken in die geheimste Ecke seines Bewußtseins. Die Eheschließung war, wenn man von ihrem romantischen Beiwerk absah, eine rein administrative Angelegenheit, ein Eintrag auf dem Standesamt, wo alle Lebensdaten registriert waren, ein paar Unterschriften, schließlich erledigte er auch Signierstunden, seit ihm der Schriftstellerruhm zugefallen war, mit dem kleinen Finger. Aber zugleich beeindruckte ihn das jahrhundertealte Klischee des feierlichen Aktes. Der Teil seines Wesens, der schnell gerührt war, schien empfänglich zu sein für eine Formel wie »In guten wie in schlechten Zeiten«. Während sie sich küßten, schwor Richard sich im stillen, daß er immer bei Gerda bleiben würde, was auch passieren mochte. Dieser Eid, abgelegt nur vor sich selbst als Zeugen, band ihn stärker als das Jawort, das er öffentlich gegeben hatte.

In den Jahren, die nun folgten, war es nicht nötig, sich seinen Eid in Erinnerung zu rufen. Es hatte natürlich Versuchungen und kurze Affären gegeben. So hatte es einige Zeit gedauert, bis Gerda den älteren Parteigenossen, der sie während des Studiums unter seine Fittiche genommen hatte, fair und ohne ihrer Karriere zu schaden, von sich abschütteln konnte. Da gab es auch das italienische Mitglied des Europäischen Parlaments, das ein paar Wochen, nachdem Gerda an einem Kongreß in

Brüssel teilgenommen hatte, plötzlich unangekündigt und zu ihrem errötenden Schrecken mit einem Strauß Tulpen vor der Tür stand. Sie hatten ihn in ein Restaurant eingeladen. Mit Richard als störendem Zeugen wollte das Gespräch nicht richtig in Gang kommen. Danach besuchten sie auf Bitten des Italieners einen Coffeeshop, wo er viel zu gierig einen Joint rauchte. Leichenblaß und elend lieferten sie ihn in seinem Hotel ab.

»Nicht viel gewohnt, dein Giuseppe«, sagte Richard.

»Er ist nicht mein Giuseppe.«

»Komm, du willst doch nicht behaupten, daß ihr nicht zusammen geschlafen habt.«

Gerda schwieg. Nachdem sie sich ein paar Tage lang aus dem Weg gegangen waren, hatte sich das Gewitter verzogen.

Zu Richards Zufriedenheit hatte Gerdas Ausrutscher in Brüssel ein komisches Ende gefunden. Heikler war es, sich von Titia zu lösen, einer von der radikalen Sorte, die sich Tinus nennen ließ. Sie war eine ihrer Trauzeugen. Als Tinus, eine hochgewachsene Blondine mit enormem Busen, die sich wie ein Automechaniker kleidete, ihre Unterschrift unter das Dokument setzte, liefen ihr die Tränen aus den großen blauen Augen.

»Warum wolltest du sie eigentlich als Trauzeugin haben?« fragte Richard, als sie am Morgen nach ihrer Hochzeit im Bett lagen und über die Geschehnisse des vorigen Tages sprachen. »Ein sadistischer Zug von dir?«

»Sie wollte es gern. Und sie ist meine beste Freundin.«

»Hast du mit ihr geschlafen?«

»Darum geht es nicht. Hast du mit deinem besten Freund geschlafen?«

»Wer ist mein bester Freund?«

»Nun, dieser Tovèr.«

»Der Gedanke allein schon.«

»Warum hast du ihm nicht geschrieben, daß wir heiraten? Schämst du dich?«

Richard dachte nach. Warum hatte er seinem ältesten Freund nicht geschrieben? Er hätte ihn bitten können, Trauzeuge zu sein. Etwas in ihm, was er nicht richtig benennen konnte, hatte ihn davon abgehalten. Vielleicht wollte er ihre Freundschaft so bewahren, wie sie einst in Paris gewesen war, jung, intensiv, nicht mit den Jahren verblaßt. Ihm wurde klar, daß die Erinnerung an jene Zeit noch immer sein Motor war, ein Motor, in den kein Stäubchen kommen durfte.

»Ich weiß es nicht. Ich habe das Gefühl, daß er damit nichts zu tun hat. Und du magst ihn nicht.«

»Ich kenne ihn kaum. Wir haben ein einziges Mal zu dritt gegessen, und da hat er nur von sich gesprochen. Mich hat er gar nicht angeschaut. Meiner Meinung nach hat er Angst vor Frauen.«

»Das bezweifle ich. Er hat eine Freundin nach der anderen.«

»Gerade drum.«

»Ich denke, daß er Angst hatte, sich in dich zu verlieben.«

»Ach, hör doch auf.«

»Er fand dich sehr schön.«

»Hat er das gesagt?«

»Ja. Später, als du nach Hause gegangen warst.«

»Kann schon sein.«

»Inzwischen hast du sehr geschickt die Aufmerksamkeit von deiner Tinus abgelenkt. Wie ist das, leckt ihr euch?«

»Jetzt wirst du ekelhaft.«

»Das kann ich nämlich auch, du.«

Gerda wehrte ihn ab.

»Hör auf, Richard. Das ist nicht mehr witzig.«

Nach der Heirat schlief Gerdas Freundschaft zu Tinus ein. Eine Zeitlang gab es noch einmal im Monat einen Tinus-Abend in einem Café, in dem keine Männer willkommen waren, bis Gerda einmal früher als sonst nach Hause kam. Sie war sehr still. Nach langem Drängen erzählte sie Richard, daß Tinus ihre Beziehung beendet habe. Richard war erleichtert, aber auch ein wenig verletzt. Es hätte natürlich umgekehrt sein müssen.

»Wie kann sie das wagen! Warum?«

»Sie sagt, ich sei bürgerlich geworden, seitdem ich dich kenne.«

»Bürgerlich! Was für ein idiotischer, überholter Begriff. Wo lebt diese Frau.«

»Laß nur.«

»Was meint sie mit bürgerlich?«

»Ein Hausmütterchen.«

»Wär es nur wahr. Entschuldige, war nicht böse gemeint.«

»Ich hab ihr erzählt, daß ich schwanger bin, und das hat sie ziemlich getroffen. Sie hat gefragt, ob es von dir sei.«

»Dumme Frage. Von wem sonst?«

»Ich habe so das Gefühl, als hätte sie es akzeptiert, wenn es von einem anderen wäre. Das hätte sie für ein Zeichen von Unabhängigkeit gehalten.«

»Die für sie noch Platz gelassen hätte.«

»So in der Art, ja.«

Gerdas Schwangerschaft war von kurzer Dauer. Nach einem Tag mit heftigen Bauchkrämpfen kam das gerade erst entstehende Kind heraus, als sie auf der Toilette war. Der Arzt sagte, solche Dinge könnten passieren und Gerda fehle nichts. Bei der nächsten Schwangerschaft solle sie es etwas ruhiger mit der Arbeit angehen lassen. Aber als es beim nächstenmal, etwa anderthalb Jahre später, wieder soweit war, passierte ungefähr dasselbe, wenn auch nicht auf der Toilette, sondern in einem Krankenhausbett, wo das Kind weggenommen wurde, weil das Leben der Mutter in Gefahr war. Es war ein Junge. Der Arzt gab den Rat, keine weiteren Versuche zur Familiengründung mehr zu unternehmen. Es folgten dunkle, traurige Monate, in denen ihre Ehe an einen Tiefpunkt gelangte. Gerda meinte, versagt zu haben, fühlte sich schuldig.

»Was sollst du mit einer Frau, die dir kein Kind schenken kann? Ich fühle mich so wertlos.«

»Hör auf, ich liebe dich und nicht ein nicht existierendes Kind.«

Sie brach in Tränen aus. Obwohl es ihm ernst war, begriff Richard, daß seine Formulierung beinahe grob gewesen war. Gerdas Kummer galt nun wirklich einem nicht existierenden Kind.

»So habe ich es nicht gemeint.«

So meinte er es durchaus. Und was er nicht sagte, war noch viel schlimmer, und deswegen fühlte er sich seinerseits schuldig. Er brauchte nicht tief in sich zu gehen, um zu wissen, daß er wie von einer Last befreit war: Vater zu sein mit der ganzen Verantwortung, die er nicht tragen wollte. Ein Schriftsteller mußte sich, ohne durch Nebensächlichkeiten abgelenkt zu werden, nur seinem Schreiben widmen können – eine inakzeptable, selbstgefällige Ansicht, aber so dachte er nun einmal.

Über ein Jahr lang lebten sie nebeneinander her, als hätten sie sich gegenseitig viel vorzuwerfen, wollten sich ihre Liebe aber bewahren. Verwirrende Gefühle, aus denen Richard nicht klug wurde und die er möglichst beiseite schob, um den Fortgang seiner Arbeit nicht zu behindern. In jener Zeit gab es nicht einen Morgen, an dem er glücklich aufstand. Er fühlte sich zurückversetzt in die dunkelste Phase seiner Jugend, als er daran zweifelte, jemals mit dem wirklichen Leben in Berührung zu kommen, und nicht verstand, daß er seit seiner Geburt mitten in diesem Leben war.

Ein paarmal ging er fremd, wie man das nennt. Richard fand, es sei ein unangemessener, banaler Ausdruck, denn in der Frage, wie man etwas sagte oder wie man es nicht sagte, konnte er recht wählerisch sein. Er war kein Jäger, eher Beute.

Manchmal trieb das Schicksal ihn in die Enge, aus welcher der einzige Ausweg das Bett zu sein schien. So übernachtete er einmal bei der Organisatorin eines Autorenfestivals auf dem Lande. Sein Auftritt stand als letztes auf dem Programm, und der Zug nach Amsterdam war längst weg, als Richard den Applaus entgegennahm.

»Wir können dir ein Hotelzimmer besorgen, aber du kannst auch bei uns übernachten«, sagte Henk-Jan, der Mann der Organisatorin, der ihr den ganzen Abend geholfen hatte.

»Ja, komm, mach das«, sagte Marjet. »Dann können wir

noch was trinken. Das ist doch viel geselliger als so ein Hotelzimmer. Wir haben Platz genug. Die Kinder übernachten bei Oma und Opa.«

Obwohl Richard es zu den unangenehmen Dingen des Lebens zählte, bei anderen, selbst bei guten Freunden, zu übernachten, brachte er nicht den Mut auf, das Angebot abzulehnen.

Es kamen noch einige befreundete Ehepaare mit zu Marjet und Henk-Jan, wo Flaschen und Gläser schon bereitstanden. Richard merkte, daß man noch etwas von ihm erwartete. Widerstrebend las er auf Marjets Bitten ein paar Gedichte vor. Danach fiel ihm ein, daß er Gerda noch anrufen mußte, um ihr zu sagen, daß er nicht nach Hause kommen würde. Als das erledigt war, trank er ein Glas nach dem anderen und ließ sich über seine Schriftstellerkollegen aushorchen. Man könne den Eindruck haben, daß die Autoren in Amsterdam einander die Tür einrannten. Aber das sei ganz und gar nicht der Fall: Sie träfen sich vorwiegend bei Gelegenheiten wie dieser, wobei sie immer freundlich miteinander umgingen. Die paar Autoren, die auf ihren Kollegen herumhackten, lebten ohnehin lieber im Ausland und versuchten, auf diese Weise mit der Heimat in Kontakt zu bleiben, von der sie nie definitiv hatten Abschied nehmen können – improvisierte Richard. Und anders, als man in der Provinz denke, sei der Amsterdamer »Grachtengürtel« keine Brutstätte von Intrigen und Kungelei, sondern es herrsche Frieden und Einigkeit, und man respektiere einander. Richard machte es richtig Spaß, ein rosarotes Bild vom Literaturbetrieb zu entwerfen. Daß er währenddessen mehr als ein Glas leerte, kam ihm dabei zugute.

Eines der Ehepaare war noch vor kurzem in Paris gewesen – ein himmlisches, den Horizont erweiterndes Erlebnis.

»Da hast du doch auch gelebt, Richard?«

Ja, sicher, das hatte er.

»Lange?«

Er machte ein paar Jahre daraus, genug, um sich einen Kenner nennen zu dürfen. Als Tourist sah man eine solche Stadt natürlich anders als er, der auch die dunklen Seiten der Lichtstadt kennengelernt hatte. Aber er würde keinen Tag missen wollen.

»Es scheint für Schriftsteller eine so inspirierende Stadt zu sein.«

»Inspiration, was immer das auch sein mag, muß man in sich selbst finden«, sagte Richard. Er hatte jetzt jenes Stadium erreicht, in dem man einfach vor sich hin redet. »Aber ich habe vor, wieder dort zu leben. Davon kann mich niemand abhalten.«

Und warum auch nicht? Nichts hinderte ihn daran, Gerda zu verlassen und ein neues Leben zu beginnen.

»Wenn du dann nur nicht so verbittert wirst wie die anderen Schriftsteller.«

Nein, das sei nicht seine Art.

Es war gegen drei, als die Gäste aufbrachen und er mit Marjet und Henk-Jan zurückblieb.

»Ich dachte, sie würden nie mehr gehen«, sagte Marjet. »Hier passiert so wenig, daß die Leute endlos bleiben.«

Richard ging zur Toilette (»Letzte Tür rechts im Flur«), die voller Kinderzeichnungen hing. Das war ihm jedenfalls erspart geblieben, überlegte er erleichtert.

Dann dachte er schuldbewußt an Gerdas Kummer und

überwand, tief durch die Nase einatmend, eine aufkommende Übelkeit. Er wusch sich Gesicht und Hände mit kaltem Wasser, spülte den Mund und ging zurück ins Wohnzimmer. Er trank zuviel in letzter Zeit. Das mußte aufhören.

Nur Marjet war noch dort, als Richard zurückkehrte. Sie kam auf ihn zu, drückte sich an ihn und küßte ihn auf den Mund.

»So«, sagte sie. »Das wollte ich schon den ganzen Abend tun.«

»Wo ist dein Mann?« fragte Richard, als sie ihn losgelassen hatte. »Ist er schon ins Bett gegangen?«

»Henk-Jan schläft bei seinem Freund.«

»Oh. Wie meinst du das, sein Freund?«

»Sein Geliebter. Wir sind nicht völlig zurückgeblieben in der Provinz«, sagte Marjet. »Wo willst du schlafen? Im Kinderzimmer oder bei mir?«

Geradezu gehorsam folgte Richard ihr ins eheliche Schlafzimmer. Es wäre beleidigend gewesen, wenn er sich anders entschieden hätte.

Der Kummer verging nicht, aber er drängte sich im Laufe der Zeit nicht mehr in den Vordergrund. Es war, als hätten die Fehlgeburten sie enger miteinander verbunden, als es Kinder getan hätten. In Gerdas und Richards Leben ließ sich wieder mühelos ein Ereignis mit dem anderen verknüpfen, eine Kette, der immer wieder ein neues Glied hinzugefügt wurde – nicht so glänzend vielleicht, aber, so schien es, aus haltbarem Material.

8

Bei Bir-Hakeim überquerte Richard Sanders die Seine. Es war noch Zeit genug, um zu Fuß zur Galerie Delano zu gehen. Aber als er ungefähr das Palais de Chaillot erreicht hatte, spürte er die Müdigkeit in den Beinen. Für heute war er genug gelaufen. Er ging hinunter zur Metrostation Trocadéro und achtete besonders auf Taschendiebe. Diese Linie beförderte scheinbar bessergestellte Fahrgäste, was aber nicht bedeutete, daß er nur die ziemlich heruntergekommenen nordafrikanischen Typen im Auge behalten mußte. Im Sélect hatte er in der Zeitung gelesen, daß man in diesem Jahr mit einer Welle von südamerikanischen Taschendieben rechnete. Die operierten meistens in den vornehmeren *quartiers*, waren gut gekleidet und oft in Begleitung einer schönen Frau, die die Aufmerksamkeit des zukünftigen Opfers ablenkte.

Als er zwei Haltestellen weiter wieder die Treppe hinauflief, war es immer noch zu früh für seine Verabredung. Regen fiel in Strömen auf die Champs-Elysées, und er flüchtete ins erstbeste Café, wo er sich zwischen den Stammkunden an der Bar einen Cognac bestellte – nicht das, was man hier um diese Tageszeit trank, aber er hatte das Bedürfnis nach etwas Anregendem. Die routinierten Gesten des Barkeepers, das beruhigende Stimmengewirr um ihn herum weckten aufs neue die Sehnsucht in ihm, wie früher in dieser Stadt zu Hause zu sein. Vielleicht hätte er dann auch hier gestanden, schnell einen Kaffee oder einen *demi* getrunken, und dann wieder auf die Straße, um ein paar Einkäufe fürs Abendessen zu erledigen. Er würde ein für Pariser Verhältnisse großes Appartement in einem ruhigen *quartier* mit Blick auf einen *jardin public* bewohnen. Er hätte einen festen Freundeskreis, mit dem er sich in seiner Stammkneipe traf, und eine Freundin, die ein selbständiges Leben führte und mit der er nicht zusammenlebte, etwas jünger als er, doch nicht sehr viel. Während er sich einen zweiten Cognac einschenken ließ, versuchte er, sich diese Freundin vorzustellen, und wie aus dem Nichts stand ihm das Bild von Sacha van Munster vor Augen, der einzigen Frau, der er in diesen anderthalb Tagen begegnet war. Wieder versetzte er sich zurück nach Antwerpen und ließ Straßen und Situationen wie aus der Vogelperspektive Revue passieren, und noch immer konnte er sie nicht unterbringen. Richard begann zu vermuten, daß dort irgend etwas geschehen sein mußte, wobei er keine gute Figur gemacht hatte und das er deshalb tief in sein Inneres verschlossen hatte. Er sah auf die Uhr. Genau sechs. Er trank seinen Cognac aus, bezahlte und ging nach draußen.

Die Galerie Delano nahm das gesamte Untergeschoß eines Stadtpalais ein. Richard schaute durch das riesige Fenster, das einen großen Teil der Vorderfront ausmachte. Auf den ersten Blick erinnerte die Galerie an einen Ausstellungsraum für moderne Möbel. Über den Sofas aus schwarzem Leder und Chrom und den Sitzecken mit schön geschwungenen Sesseln und niedrigen Steintischen, auf denen Magazine für Kunst und Interieur lagen, hingen Tovèrs Bilder. Wenn man ein solches Bild kaufte, kam man wahrscheinlich nicht umhin, sich auch noch ein solches Sofa anzuschaffen, dachte Richard, oder vielleicht war es auch umgekehrt. Die gläserne Eingangstür war verschlossen. Nach kurzem Klopfen – eine Klingel war nirgends zu sehen – erschien eine große Frau mit kunstvoll geschnittenem dunkelrotem Stoppelhaar. Sie trug eine Brille mit viereckigen Gläsern, die fast die Hälfte ihres Gesichts bedeckten, und war in ein rosa Sackkleid gehüllt, das ihr bis auf die Sandalen reichte. Durch das Glas blickte sie ihn mißtrauisch an. Sie öffnete die Tür einen Spaltbreit. *»On est fermé«*, sagte sie kurz angebunden und wollte die Tür wieder schließen.

»Ich habe eine Verabredung mit Monsieur Tovèr«, sagte Richard. »Ich bin ein Freund aus den Niederlanden.«

Ihre Miene hellte sich auf.

»Entschuldigen Sie, kommen Sie herein. Wir müssen hier sehr aufpassen.«

»Richard Sanders, ich …«

»Brigitte Danmark. Sie sind also der Autor. Ich hatte keine Zeit, Ihr Buch zu lesen, aber Alain ist sehr begeistert davon. Es ist eine Ehre für mich, daß Ihr Buch hier präsentiert wird.«

»Nein, nein«, wehrte Richard ab. »Es ist eine Ehre für mich. Sie übertreiben wirklich.«

»Nennen Sie mich doch Brigitte. Wir sind hier nicht so formell, es sei denn, es läßt sich nicht vermeiden. Wie bei deinem Botschafter, Richard. Das ist ein ganz steifer Mann. Bist du auch ein steifer Mann, Richard? Möchtest du, daß ich dich mit Sie anrede?«

»Nein, bitte nicht«, antwortete Richard einigermaßen verblüfft.

»Gut.«

Sie stellte sich dicht neben ihn und strich ihm mit einem Finger über die Wange. Richard kam sich vor wie bei der Musterung. Unwillkürlich trat er einen Schritt zurück.

»Nicht weglaufen, du«, sagte Brigitte. »Ich liebe Schriftsteller. Sie sind so ruhig und kraftvoll. Wie Väter. Versprich mir, daß du mir dein Buch vorliest, nur wir zwei allein.«

»Ich werde darüber nachdenken«, sagte Richard mit seinem reizendsten Lächeln. Sie nahm ihn bei der Hand und führte ihn in den nächsten Raum. Unterwegs blieb sie bei einem von Tovèrs üppigen Aktbildern stehen, einem Akt mit dunkelrotem Haar, halb von einer fleischfressenden Pflanze verschluckt. Sie blickte Richard abwartend an.

»Schön«, sagte Richard.

»Danke. Und ich schwöre dir, daß es nicht geschmeichelt ist.«

In dem anderen Raum versuchte Tovèr zusammen mit einer Assistentin, einem mageren, blassen Mädchen, dessen Gesicht voller Akne war, ein großes Bild über einer Chaiselongue aus Pappe aufzuhängen. Es stellte einen Urwald dar. Nackte Männer und Frauen schwangen sich von Liane zu Liane. Tovèrs Stil hatte sich im Laufe der Jahre nicht verändert, stellte Richard fest. Er war nur üppiger geworden. Richard erinnerte sich an das letzte Gespräch mit Tovèr in Amsterdam. »Du wußtest sofort, was du wolltest«, hatte Richard gesagt. »Du hast von Anfang an mit Tovèr signiert. Ich habe damals noch Pseudonyme ausprobiert.«

»Ich wollte reich und berühmt werden. Wie Picasso.«

»Das ist dir gelungen. Du mußt ein zufriedener Mensch sein.«

»Zufrieden?« Tovèr dachte nach. »Ich bin nicht unglücklich, wenn du das meinst. Es ist, wie es ist. Ich habe erreicht, was ich erreichen wollte. Es geht inzwischen mehr darum, das zu erhalten. Manchmal sehne ich mich zurück nach den Jahren in Paris, als alles anfing. Ich habe das Gefühl, daß ich damals die Gelegenheit verpaßt habe, ein wirklich großer Künstler zu werden. Wie Mondriaan. Der ist der Größte.«

»Viele sehen in dir einen großen Künstler.«

»Und du?«

»So betrachtet man seine Freunde nicht. Ich finde dich sehr gut.«

»Aber was ich mache, liegt dir nicht. Das weiß ich, das ist nicht schlimm. Siehst du, ich kenne da einen Trick, und darin bin ich sehr gut. Den vervollkommne ich noch immer, und das befriedigt mich.«

»Ich kenne da auch einen Trick, aber den versuche ich mir immer abzugewöhnen.«

»Warum? Benutze ihn.«

Das Gespräch drohte ihm gefährlich nahe zu kommen, fand Richard damals. Es gab Dinge, an die man besser nicht rührte, wenn man sie nicht zerreden wollte. Er ähnelte dem Schmied, der das Geheimnis seines Handwerks nicht kennen wollte, aus Angst, er würde danebenschlagen, sobald er es kannte. Wenn er schon darüber nachdachte, dann so. Aber in den letzten Jahren hatte er sich öfter gefragt, ob es das Geheimnis, woraus Kunst entsprang, überhaupt gab. Das Wort »Geheimnis« kam dem Wort »Inspiration« verdächtig nahe, und das hatte immer eine leichte Gänsehaut bei ihm hervorgerufen. Vermutlich mußte man nur so hart wie möglich arbeiten und innerlich bei der Sache bleiben. Wahrscheinlich war dies das Geheimnis – aber er hielt sich eine Hintertür offen, sonst wurde es allzu prosaisch.

Unter Brigittes beifälligem Blick umarmten sich die Freunde. Das Mädchen mit der Akne errötete über und über, als sie Richard vorgestellt wurde. Er litt mit ihr.

»*Well*, da bist du«, sagte Tovèr. »Schön, dich wiederzusehen. Du wirst überhaupt nicht älter.«

Richard sah das anders. Sie waren beide auf dem besten Wege, alte Herren zu werden, aber dies war nicht der Augenblick, darüber zu reden.

»Ich gehe in mein Büro. Kommt ihr nachher, um etwas zu trinken?« sagte Brigitte. Sie blickte Richard vielsagend an, bevor sie die beiden allein ließ.

»Eigenartige Frau«, sagte Richard.

»Das kannst du wohl sagen. Wir haben alle dran glauben müssen. Sogar Irena«, sagte Tovèr, während er kurz seinen Arm um die mageren Schultern der blassen Assistentin legte, die aufs neue errötete. »Keine Angst. Sie versteht uns nicht. Sie ist Tschechin.«

»Brigitte hat mir dein Bild von sich gezeigt.«

»Unter dem Kleid verbirgt sich ein wunderbarer Körper.«

»Ich verstehe das nicht. Sie verkauft das Bild? Will sie es nicht selbst behalten?«

Tovèr grinste.

»Geschäft ist Geschäft. Brigitte ist nicht sentimental. Wenn du für einen *quick fuck* ohne Konsequenzen zu haben bist, dann kann ich sie dir empfehlen. Wie findest du die Ausstellung?«

»Gut. Du bleibst dir selbst treu.«

»Sollen wir wieder mal etwas zusammen machen? Lithos von mir und Texte von dir? Sie sind schon im voraus verkauft. Laß uns beim Dinner drüber reden. Wir essen doch nachher zusammen?«

»Ich weiß nicht, ob der tropische Regenwald mein Thema ist.«

»Dir wird schon was einfallen.«

Dessen war Richard sich gar nicht sicher. Etwas Gemeinsames zu machen war reizvoll, aber es hätte früher sein müssen, in der Zeit, als ihre Arbeiten noch ihren eigenen Ausdruck finden mußten und ihr jugendlicher Enthusiasmus mit Leichtigkeit Gegensätze überbrückte. Festgelegt, wie sie jetzt waren, gab es nichts mehr zu erobern. Die einzige Triebfeder für eine solche Lithomappe wäre das Geld. Dagegen war nichts einzuwenden, aber es hatte wenig Abenteuerliches an sich, und Richard konnte darin kaum die späte Besiegelung ihrer früheren täglichen Gemeinsamkeiten sehen. Vielleicht hatte er selbst auch nur zu viele Skrupel und sollte so etwas einfach tun, ohne lange darüber nachzudenken. Hatte er in seinem Leben nicht alles getan, ohne lange darüber nachzudenken, und war das alles in allem nicht erstaunlich gut gegangen?

In Brigittes Büro hing ein Bild von Corneille: ein Fisch, eine Katze und ein weiblicher Akt mit dunkelrotem Haar.

»Ein so liebenswerter Mann«, sagte die Galeristin, während sie Wodka einschenkte und Irena ihnen eine Schale

Blinis und eine Dose Kaviar anbot. »Er versteht die Frauen. Kennst du ihn, Richard?« Bevor er antworten konnte, sprach sie bereits weiter. »Nur Künstler verstehen die Seele der Frau in ihrem unendlichen Verlangen nach Ewigkeit. Sie besitzen eine ebensolche Sensibilität, eine ebensolche Begierde nach dem Hemmungslosen, nach zügelloser Leidenschaft, den unaufhörlichen Wunsch, das Leben in all seinen Facetten zu erkunden. Sind wir uns darin nicht einig, Richard?«

»Paß auf, was du sagst«, warnte Tovèr. »Bevor du dich versiehst, schleift sie dich mit in ihre Höhle.«

»Was redest du da, Tovèr, in deiner harten, unverständlichen Sprache? Ich möchte wetten, daß es etwas Unanständiges war.«

»Ich lobte deine Qualitäten, Brigitte.«

Richard hatte das Gefühl, in einer derben Posse gelandet zu sein.

»Wie bist du ausgerechnet an sie geraten?« fragte er Tovèr, als sie später am Abend, leicht schwankend vom Wodka, über den Pont de la Concorde zum Restaurant am Quai Voltaire gingen. Es war ein ganzes Stück zu Fuß zu gehen, und sie hätten besser ein Taxi nehmen sollen, aber das Bedürfnis nach frischer Luft war zu groß gewesen. Und in den Tagen ihrer Armut legten sie jeden Tag bestimmt größere Distanzen zurück. Es hatte etwas Vertrautes, zusammen mit Tovèr durch Paris zu laufen.

»Jeder will bei ihr ausstellen«, sagte Tovèr. »Sie verlangt Preise, die sonst niemand zu verlangen wagt, und die Leute bezahlen die auch noch.«

»Vielleicht schläft sie auch mit ihren Käufern.«

»Nein. Darin ist sie sehr streng. Ihre Kunden sehen es als eine Gunst an, daß sie etwas von ihr kaufen dürfen. Aber die meisten Künstler landen bei ihr im Bett. Eine Art Eintrittsgeld. Einmal reicht. Es gibt Schlimmeres.«

»Ist sie beleidigt, wenn ich es nicht tue?«

»Du bist Schriftsteller. Du gehörst zu einer Kategorie, zu der sie aufschaut. Es würde natürlich durchaus gewürdigt werden.«

Beim Restaurant angekommen, zeigte Tovèr auf das Haus nebenan.

»Erinnerst du dich noch an das Haus?«

»Nein.«

»Muriël.«

»Muriël?«

»Ich weiß sogar noch ihren Nachnamen. Muriël Lacaze«, sagte Tovèr, als sie am Tisch saßen und bestellt hatten. »Wir haben sie im Schwimmbad in der Seine getroffen.«

»Deligny. Bin ich nie wieder gewesen. Wie lange ist das alles her.«

Richard wurde von einem Augenblick auf den anderen von einer an Verzweiflung grenzenden Welle von Traurigkeit erfaßt. Hier in Paris war er glücklich gewesen, aber damals wußte er es nicht, und nun war es nicht mehr zu greifen. Nie zuvor hatte er mit einer solchen Schärfe gespürt, daß die Vergangenheit ihm endgültig entglitten war und daß der Gedanke daran ihm nur Schmerzen und keine Freude mehr bereitete. Der Schock dieses plötzlichen, glasklaren Bewußtwerdens trieb ihm Tränen in die Augen. Was hatte er hier eigentlich verloren? Was hatte er wo auch immer in diesem Leben verloren? Er sah den Mund seines Freundes sich bewegen, aber er hörte nicht, was er sagte. Die Zeit schien stillzustehen, zu Glas geworden in einem Augenblick, den er sich nicht selbst ausgesucht hatte. Er hatte die Armlehnen seines Stuhls umklammert, in dem mechanischen Versuch, sein Verschwinden ins Nichts aufzuhalten. Langsam lokkerte sich sein Griff, und er kehrte zurück in die Einheit von Raum und Zeit, die die Wirklichkeit war.

»Ins Kino«, hörte er Tovèr sagen. »Weißt du nicht mehr? Es war im Sommer, August, glühend heiß. Wir hielten es nicht mehr aus in unserem Zimmer und waren ins Schwimmbad gegangen, und da sahen wir Muriël. Ab und zu ging sie ins Wasser, machte ein paar Schwimmzüge, klammerte sich dann wieder an den Beckenrand und rief einer kleinen Gruppe von Freunden und Freundinnen etwas zu, die plaudernd am Rand lagerten.«

»Une bande de jeunes gens«, sagte Richard. Er hatte die Augen geschlossen und versuchte, sich die Szene vorzustellen.

»Mehr als ein paar Züge konnte sie nicht schwimmen«, fuhr Tovèr fort. »Und sie hielt den Kopf hoch übers Wasser, damit ihr Haar nicht naß wurde. Sie hatte kurzgeschnittenes Haar, einen Bubikopf, wie es damals hieß. Sie war klein und genauso jung wie wir und hatte eine makellose Figur. Wenn sie wieder aus dem Wasser kam, blieb sie einen Augenblick auf dem Treppchen stehen, wie um sich bewundern zu lassen. Ein paar Sekunden lang ruhten ihre Augen auf uns. Sie sah uns, und wir wußten nicht, wie uns geschah.«

»Muriël«, sagte Richard, bei dem es zu dämmern begann. »War sie nicht an der Filmhochschule?«

Tovèr nickte. »Du erinnerst dich.«

»Diese Einzelheit fällt mir ein. Aber sonst …«

»Sie war an der Filmhochschule, und sie wollte einen Dokumentarfilm über die Arbeiter in den Vorstädten machen. Das rauhe proletarische Leben. Das existierte noch. Aber davon wußten wir damals nichts. Wir wußten nur, daß wir mit ihr ins Bett wollten.«

»Mit einem Mädchen aus Paris. Dann erst würden wir richtig zur Stadt gehören.«

»Ich weiß nicht, ob das der Grund war«, sagte Tovèr. »In jedem Fall: Sie verabschiedete sich von ihren Freunden, und wir rafften unsere Sachen zusammen und folgten ihr. Auf dem Quai sprachen wir sie an.«

»Du«, sagte Richard. »Ich war viel zu schüchtern. Ich hielt mich im Hintergrund und hoffte halb und halb, daß nichts draus würde.«

»Siehst du wohl, daß du dich erinnerst?«

»Ich weiß nicht, ob ich mich erinnere oder ob es mir logisch erscheint. Ich wagte damals nicht viel.«

»Wir gingen mit ihr ins Kino. Wir sahen eine Wiederholung von *Le di…*«

»*Le diable au corps*. Mit Gérard Philipe und Micheline Presle. Eine tragische Liebesgeschichte. Für mich war es der schönste Film, den ich je gesehen hatte. Vielleicht ist er das noch immer.«

»Du weißt es also.«

»Ich erinnere mich an den Film. Für Filme habe ich ein gutes Gedächtnis.«

»So schüchtern warst du übrigens gar nicht. Sie saß zwischen uns, und ich streichelte ihre Schenkel, bis ich plötzlich deiner Hand begegnete. Wir waren beide so erschrocken darüber, daß wir unsere Hände zurückzogen.«

»Und sie legte sie wieder dorthin«, sagte Richard. »Jetzt weiß ich es wieder. Haben wir diesen Film nicht ein anderes Mal gesehen? Ich kann mir kaum vorstellen, daß wir uns darauf konzentrieren konnten.«

»Damals konnten wir ganz leicht zwei Dinge gleichzeitig tun«, sagte Tovèr. »Das wird jetzt immer schwieriger.«

»Essen und Reden gelingt noch gut«, sagte Richard.

Er dachte an Sacha van Munster. Vielleicht gab es in Antwerpen jemanden, der Zeuge ihrer Begegnung gewesen war und der, genau wie Tovèr jetzt, die Spur seiner Vergangenheit wieder für ihn sichtbar machen konnte. Daß er sich überhaupt nicht mehr an Sacha erinnerte, beunruhigte ihn. Irgend etwas lief da falsch, um es einmal so zu nennen, und er ließ sich nicht gern bei Fehlern erwischen. Auch wenn er vor sich selbst die schwache Entschuldigung hatte, daß er die Jahre in Belgien hauptsächlich in halb betrunkenem Zustand verbracht hatte, war es dennoch, milde ausgedrückt, unhöflich, daß er keine Erinnerung mehr an die Begegnung mit ihr hatte, und wer weiß, was sonst noch alles passiert war. Aber wie konnte er zurückgehen und den Augenblick finden, der verschwunden war, und seinen Fehler wiedergutmachen? Auch wenn er sie nie wiedersähe, würde der Gedanke daran immer an ihm nagen. Als er jünger war, fiel ihm das Vergessen nicht schwer, aber jetzt, älter geworden, würde ihn die Begegnung im Regen vor dem Hotel für den Rest seines Lebens begleiten. Die Zeit reichte nicht mehr, um dieses Ereignis aus Bequemlichkeit zu vergessen.

Nach dem Kino waren sie zu Muriël gegangen, in ein großes Appartement in dem Haus neben dem Restaurant, in dem Tovèr und er jetzt aßen. Das Appartement gehörte ihren Eltern, die im Urlaub waren. Durch die Ritzen der geschlossenen Fensterläden fiel Sonnenlicht herein. Es roch nach Perserteppichen und nach den ledergebundenen Büchern, die in der Bibliothek standen. Im Salon hingen Bilder von Cézanne, Matisse und Picasso, im Flur ein van Dongen und ein früher Baum von Mondriaan. Und im Schlafzimmer, wo sie schnell landeten, Zeichnungen von Cocteau und Foujita. Sie schliefen abwechselnd mit ihr, schwerfällig und träge und naß vor Schweiß. Die Scham, die Tovèr und Richard sonst voreinander empfanden, morgens beim Aufstehen, hatten sie verloren.

Später sahen sie Muriël noch einmal im Mabillon am Boulevard Saint-Germain. Sie war in Gesellschaft eines älteren Herrn mit scharf geschnittenem Gesicht und wilden grauen Haaren, zweifellos ein bedeutender Künstler. Als sie sie im Vorübergehen grüßten, blickte sie an ihnen vorbei.

9

Die Nacht war noch jung, als er ins Hotel zurückkehrte. Anders als früher waren Tovèr und er nicht versucht gewesen, nach dem Essen noch durch die Stadt zu streifen. Die Zeiten, in denen sie sich die Nächte um die Ohren schlugen, waren schon lange vorbei. Wäre Tovèr bereit gewesen, ein paar der alten Orte aufzusuchen, sofern sie noch existierten, wäre Richard wohl mit von der Partie gewesen, aber auf seinen vage darauf anspielenden Vorschlag ging Tovèr zu seiner Erleichterung nicht ein. In den *States*, so erklärte er, stünde er morgens um fünf Uhr auf, und wenn er abends um zehn Uhr ins Bett ginge, sei das spät. Nach dem Aufstehen mache er immer so viele *push-ups*, wie er Jahre zählte, er nehme ein kräftiges Frühstück zu sich (nicht so eines wie die Franzosen) und ginge dann an die Arbeit. Eines könne er Richard bestätigen: Europa sei nicht gut für die Gesundheit. Mit diesem Erdteil würde es sowieso nichts mehr werden. Irgend etwas stimme nicht mit den europäischen Genen. Im stillen ärgerte Richard sich über dieses Geschwätz. Er fragte sich, ob ihre Freundschaft, die allein auf einer einst geteilten Vergangenheit beruhte, noch zu retten sei und ob dies der Mühe wert wäre. Er fragte Tovèr, ob seine neue Freundin, die ja sowohl Französin als auch Amerikanerin sei, diese Meinung teile. Aber Janis hatte von ihrem ersten Lebensjahr an in New York gelebt und sei amerikanischer als *apple-pie*.

»Hätte sie nicht mit uns zusammen essen wollen?« fragte Richard höflichkeitshalber, wenn auch reichlich spät.

»Nein«, sagte Tovèr. »Dies war ein Abend unter Freunden. Das versteht sie.«

»Merkwürdig eigentlich, daß wir beide unsere Geliebten nicht oder kaum kennen.«

»Ist das merkwürdig? Wann sehen wir uns denn schon? Es wäre vielleicht anders, wenn du dich jemals zu einem Besuch bei mir aufgerafft hättest. Warum hast du das nicht getan?«

»Es paßte irgendwie nie. Und viel klüger wäre ich dadurch wohl kaum geworden. Du hast jedesmal eine andere.«

»Das ist wahr«, sagte Tovèr zufrieden.

Im Hotel erwarteten ihn zwei Nachrichten. Eine von Alain, der ihn bat, morgen vorbeizukommen, wenn er in der Gegend sei, die andere von dem ihm unbekannten Direktor des Nederlands Cultureel Instituut in Paris, Ernst Louwerts, der ihn, ebenfalls für den nächsten Tag, zum Lunch einlud. Zwei Verabredungen – das gab seinem Aufenthalt ein wenig Struktur.

Aber nun erst einmal Gerda anrufen. Halb eins, das ging gerade noch. Sie war nie früh im Bett, und sonst wurde sie halt wieder wach.

»Richard! Ich habe mich schon gefragt, wann du wohl anrufst.«

»Vermißt du mich denn?«

»Immer. Wie geht es dir? Amüsierst du dich?«

Das »immer« nahm er nicht wörtlich, denn seiner Erfahrung nach kam sie sehr gut ohne ihn aus. Sobald er ihre Stimme hörte, vermißte er sie und hatte das Gefühl, am falschen Ort zu sein. Er mochte keine Telefongespräche, man mußte den anderen sehen, ihn berühren können. Etwas, das er gar nicht hatte erzählen wollen, weil er es bis jetzt für unwichtig gehalten hatte, rutschte ihm sofort am Anfang des Gesprächs heraus.

»Ich wurde bestohlen! Na ja, man hat es versucht.«

Er berichtete von seinem Abenteuer auf der Rolltreppe von Bir-Hakeim. Es schien eine Ewigkeit her zu sein.

»Bitte, sei vorsichtig.«

»Im übrigen habe ich Alain gesehen, der mich in einer Fernsehsendung unterbringen will, und ich habe gerade mit Tovèr gegessen. Er hat übermorgen seine Vernissage, und dort wird auch mein Buch präsentiert.«

»Oh, ich dachte, du hättest deine eigene Buchpremiere.«

»Alain war damit ganz zufrieden. Tovèr ist hier berühmt. Es steht ein großer Artikel über ihn in *Paris Match*. Es wird viel Presse dasein.«

Was noch? Ja, Sacha. Es schien ihm vernünftiger, über diese Begegnung vorläufig zu schweigen. Was sollte er auch erzählen? Ich bin jemandem begegnet, die ich früher gekannt haben muß, an die ich mich aber nicht erinnere. Das konnte man nicht erzählen.

»Und sonst?«

»Sonst nichts. Ich bin erst anderthalb Tage hier. Paris ist sehr abweisend und in sich gekehrt.«

»Ach, was!«

Während sie redeten, betrachtete er die Tapete, die hellblau und hellgrau gestreift war. Die Lampe auf dem Tischchen neben seinem Bett warf mit ihrem Schirm einen Schatten darauf, der dem Segel eines Schiffs ähnelte. Eine Erinnerung stieg in ihm auf: Strand. Eine Hand, die von seiner Mutter, hielt seine kleine Hand fest. Sein Vater lief auf das Meer zu, breitete die Arme aus und rief in getragenem Ton: *»Das Meer, das Meer …«* Als er älter war, kannte er die Fortsetzung: … *in ewig kabbelnder Dünung.*

»Und du?« fragte er. »Ist noch irgendwas passiert?«

»Das normale Hickhack in der Partei. Jeder versucht, dem anderen ein Bein zu stellen. Die Atmosphäre ist angespannt. Wim hüllt sich in bedrohliches Schweigen, und ich halte mich aus allem heraus, was nicht immer leicht ist.«

»Aber klüger, wenn du Ministerin werden willst.«

»Staatssekretärin. Mehr ist nicht drin. Aber warten wir erst mal die Wahlen ab. Der Wähler entscheidet.«

»Der Satz hört sich eingeübt an.«

»Es ist schrecklich. Manchmal krieg ich kein normales Wort mehr raus. Nun, Liebling, laß es dir gutgehen, und vergiß nicht, nach Amsterdam zurückzukehren. Wie lange bleibst du?«

»Höchstens ein paar Tage. Ich ruf dich an.«

Richard lag noch lange wach, obwohl er müde genug war, um sofort einzuschlafen. Daß ihm sein Vater so unerwartet erschienen war, hatte ihn durcheinandergebracht. Die Erinnerung hatte Schuldgefühle in ihm geweckt, die er nicht so ohne weiteres wieder los wurde. Er hatte seinen Vater in den letzten Lebensjahren wenig gesehen. Besuche waren lästige Pflichtübungen für ihn gewesen, und er hatte den Eindruck, daß auch sein Vater ihn lieber gehen als kommen sah. Fragen, die Interesse am Wohl und Wehe des Vaters signalisieren sollten, stießen auf Ablehnung. Verbitterung und Gleichgültigkeit beherrschten sein Leben. Alle paar Jahre entdeckte eine Zeitung oder ein Radiosender, daß der einst große Schauspieler noch lebte, aber Bitten um ein Interview lehnte er ab. Nichts von alldem trug dazu bei, Richards Verhältnis zu seinem Vater inniger werden zu lassen. Er hatte es rasch aufgegeben, daran etwas ändern zu wollen. Zu schnell, warf er sich jetzt vor, aber er hatte nie richtig gelernt, was eine Familie war. Familienbande, wie sie für viele Menschen in seiner Umgebung selbstverständlich waren, hatte es für ihn nie gegeben. »Mein Sohn, der Dichter«, hatte sein Vater gesagt; Richard hatte immer den Eindruck gehabt, daß darin mehr Ironie als Stolz mitschwang. Gerda – sie war in einer, wie sie sagte, glücklichen Familie aufgewachsen, in der sich alle eng miteinander verbunden fühlten – konnte er seine distanzierte Haltung nicht erklären. So war es denn auch sie, die sich um seinen Vater kümmerte und es schaffte, daß er, als er sich mehr und mehr vernachlässigte, in ein Seniorenheim kam, wo sie ihn pflichtbewußt besuchte. »Ich glaube, daß er nicht mehr genau weiß, wer ich bin. Er spricht von deiner Mutter und wie sie ihn im Stich gelassen hat.«

»Das hat er sich selbst zuzuschreiben«, sagte Richard.

»Wie abfällig du immer über ihn redest. Du fängst an, ihm ähnlich zu werden, aber bei ihm ist es verständlich: Er ist wehrlos, es ist seine einzige Waffe.«

»Er hat sich nie um mich gekümmert, nur wenn er Eindruck mit mir machen konnte. Muß ich mich jetzt um ihn kümmern?«

»Er ist dein Vater, und du benimmst dich wie ein Kind.«

Bei der Beerdigung »im engsten Kreis« trug Richard ein Gedicht vor, in dem dennoch so etwas wie Liebe mitschwang, aber die war höchstwahrscheinlich der Poesie und dem Anlaß geschuldet. Jetzt war er Waise. In seinem Alter war das keine Tragödie mehr. Wäre er noch ein Kind gewesen, so hätte er mehr daraus machen können.

Nach dem Frühstück machte Richard einen Spaziergang durch den Luxembourg. Das Wetter war klar, und ein Hauch von Frühling lag in der Luft. Verse aus dem frühen Gedicht *April in Paris* eines seiner Lieblingsdichter fielen ihm ein: *Lebe wohl, Tag, graue Tage zwischen den tröstenden Tönen / o Gesang der Gärten* und *Wir sind in diesem weißen, täglichen Paris, wir werden Wasser und zerfließen*, und er fühlte sich auf eine altmodische Art gerührt, noch nicht durch die Schwielen jahrelanger täglicher Erfahrungen von jedem unmittelbaren Gefühl getrennt. Poesie begann, in ihm zu arbeiten, und wollte aufgeschrieben werden, sobald er die richtigen Worte fände.

Zu dieser Morgenstunde waren kaum Menschen im Park, keine Touristen, keine Studenten, nur vereinzelt jemand, der den Park auf dem kürzesten Weg zu seinem Ziel in einem anderen *quartier* durchquerte. Er setzte sich auf eine Bank neben dem Standbild von Mendès France, dem Staatsmann, der dem französischen Volk die Liebe zur Milch hatte beibringen wollen. Er nahm Stift und Notizbuch und wartete, aber die Worte verweigerten sich ihm. Sie blieben in einem grauen Zwischenreich mit verschwimmenden Grenzen verborgen. Früher hätte er spontan geschrieben, aber das war vorbei. Er wußte zu gut, was beim Schreiben mißlingen konnte, und dieses Wissen übte eine lähmende Wirkung aus. Emotionen ließen sich nicht einfach in einer Rohfassung notieren, dann blieb nichts übrig, so wie man auch einen Traum nicht erzählen konnte, jede Nuance ging verloren, und es blieb nur das schiefe und krumme Gerippe einer Geschichte, aus der keiner klug wurde und für die sich niemand interessierte. Wie sehnte Richard sich nach seiner Jugend zurück, dieser Geliebten, die unerreichbar geworden war, und nach jenem Paris, wie es sich ihm damals dargeboten hatte – einer Stadt, die man im Handumdrehen zu seiner eigenen Stadt hätte machen können, vorausgesetzt, man tat es. »Paris ist sehr abweisend und in sich gekehrt«, hatte er zu Gerda gesagt, ein aus dem normalen Gesprächsverlauf herausgefallener Satz, der jetzt – er begann zu frösteln und ging zum Eingang des Parks zurück – am richtigen Platz war. Am Wasserbecken kam ihm das erste Au-pair-Mädchen des Tages entgegen, ein großes Mädchen, das zwei verzogene französische Kleinkinder im Zaum hielt. Sie sah ihn kurz an. War sie Holländerin und hatte ihn erkannt? Aber sie ging weiter.

Am späten Vormittag betrat er das Nederlands Cultureel Instituut, das in einem palastartigen Gebäude in einer Seitenstraße der Rue Saint-Antoine untergebracht war, einem *quartier*, in dem einst Handwerker, zum Beispiel Möbeltischler, ihre Werkstatt hatten. Nach und nach verschwanden diese und machten Antiquitätengeschäften, Boutiquen und kleinen Restaurants Platz. Dem Institut gegenüber lag jetzt ein exklusives Brotgeschäft. Richard stellte einen beängstigenden Trend zum Gemütlich-Behaglichen fest, weil es offenbar Leute mit viel zuviel Geld gab. Die Tage des Instituts an diesem Ort waren gezählt: Die niederländische Regierung, wie immer auf Sparkurs in Sachen Kultur, wollte die Kosten nicht länger tragen.

»Ich mache den Umzug noch mit, und dann gehe ich in Rente«, sagte Ernst Louwerts, ein Mann in Richards Alter, elegant gekleidet und mit grauen Haarbüscheln hinter den Ohren. Er sprach sehr schnell, und in seinem Niederländisch war ab und zu ein leichter französischer Akzent zu hören.

»Gehst du dann zurück?« fragte Richard.

»In die Niederlande? Nein, da würde ich mich nicht mehr eingewöhnen. Ich denke, ich bleibe einfach hier. Paris ist meine Stadt geworden.«

Beim Lunch in einem der neuen kleinen Restaurants gestand er, daß er die Entwicklung in der niederländischen Literatur nicht wirklich verfolgt habe.

»Wir konzentrieren uns hier mehr auf Malerei und Architektur. Das interessiert die Franzosen. Ich fürchte, in der Literatur bin ich bei Bloem und Vestdijk stehengeblieben.«

»Vestdijk«, nickte Richard. »Ein großer Schriftsteller.«

»Soweit ich weiß, wird der Botschafter Tovèrs Ausstellung eröffnen und auch dein Buch präsentieren. Wir hätten das gern hier gemacht, aber dein Verleger hat anders entschieden. Wirst du auch ein paar Worte sagen?«

»Ein paar Worte sagen?«

»Ja, eine kurze Ansprache. Das ist vielleicht günstig für die Presse, falls sie da ist, man weiß das hier nie. Wenn du eine französische Übersetzung brauchst, dann können wir dafür sorgen, vorausgesetzt, wir erhalten den

Text bis morgen früh. Wir haben eine erfahrene Übersetzerin, die manchmal für uns arbeitet. Sacha wohnt schon seit Jahren hier.«

»Sacha?« Richards Herz setzte kurz aus.

»Sacha Lefort. Kennst du sie?«

»Ein bißchen. Ich kenne sie von früher, als sie noch Sacha van Munster hieß.«

»Dann kannst du bei der Eröffnung gleich die Bekanntschaft erneuern. Sie wird sicher dasein, mit der übrigen niederländischen Kolonie.«

Für manche Dinge brauchte man keinen Finger zu rühren, die regelten sich wie von selbst.

Neben gespannter Erwartung spürte Richard Beklemmung und eine gewisse Irritation. Es war, als hätte ein geheimnisvoller »Jemand« Entscheidungen über sein Leben gefällt, die ihm erst jetzt offenbart wurden. In diesem verborgenen Plan war eine Begegnung in Antwerpen am Botanischen Garten vorgesehen – nicht im Botanischen Garten selbst, das hätte zu sehr seinem Naturell widersprochen, das mehr auf die Steine einer Stadt gerichtet war als auf ihre Pflanzen, wie ausgefallen sie auch sein mochten – und viele Jahre später ein »zufälliges Treffen« auf der Place du Panthéon in der Nähe »großer Männer«, die anders als blühende Pflanzen zu Staub vergehen. Daß es einen Plan geben sollte, widersprach Richards Überzeugung, wonach die Menschen ihr Schicksal selbst in der Hand hielten. Man hatte die Freiheit, selbst zu entscheiden, was man vergessen wollte. Diese Freiheit hatte er aus irgendeinem Grund für sich genutzt. Nur Tiere und Pflanzen konnten nichts vergessen.

Nach dem Lunch ging er ans andere Ufer der Seine.

Vor dem Pont de Sully, der über die Ile Saint-Louis führte, kam er an einem öffentlichen Park vorbei, in dem unter ein paar Riesenplatanen eine kleine Gruppe Menschen hingebungsvoll Tai-Chi betrieb. Die fließenden Bewegungen wie in Zeitlupe prallten auf den nervösen Lärm der Stadt, der nach dem Lunch wieder aufbrandete. Es war, als würde man in einem vollbesetzten Café ein Gedicht über die Stille schreiben. Inzwischen bezog sich der Himmel, und die ersten Regentropfen fielen. Richard lief schnell weiter, überquerte den Quai de la Tournelle und nahm auf dem Boulevard Saint-Germain einen Bus, der ihn in die Nähe der Editions Mondial bringen sollte. Das Bild der Tai-Chi-Adepten blieb in ihm haften. Der Regen fiel jetzt wie aus Kübeln vom Himmel, die Busscheiben beschlugen und boten keine Aussicht mehr. Ein blasser junger Mann mit flaumigem Bart und wilden Augen wiederholte immer wieder: *»Paris, connerie.«* Der Reim schien ihm zu gefallen. Obwohl der Bus gedrängt voll war, blieb der Platz neben dem jungen Mann ein paar Haltestellen lang leer, bis ein massiger Mann in schwarzem Leder sich seufzend neben ihn auf den Sitz fallen ließ und der andere seine Litanei abbrach. Für einen Augenblick war es still im Bus. Richard dachte besorgt an seine »paar Worte«. In der Öffentlichkeit zu reden, vor allem aus dem Stegreif und dann noch in einer Sprache, die nicht die seine war, gehörte nicht zu seinen Stärken. Sollte er vorher etwas aufschreiben? Aber das kam nicht mehr rechtzeitig zum Institut, und Sachas Adresse hatte er nicht. Er würde es einfach von den Umständen abhängig machen.

»Es kann auf keinen Fall schaden, wenn du was sagst. Sonst richtet sich die ganze Aufmerksamkeit auf deinen Freund Tovèr«, sagte Alain wenig später.

Sie waren nicht allein im Büro des Verlegers. Christopher Burns saß tief versunken in einem Sessel. Als Richard hereinkam, hatte er sich nur mit Mühe erhoben und machte auch jetzt keine Anstalten zu gehen. Auf dem Tischchen vor ihm stand eine halbleere Flasche Wein. Als Alain mit einem entschuldigenden Blick seine beiden Autoren miteinander bekannt machte, sagte er: »Ich hoffe, daß *dear old* Alain dir gegenüber nicht so geizig ist wie bei mir.«

Alain sah ihn irritiert an, beschloß aber, die bissige Bemerkung mit einem Lachen abzutun.

»Ich habe bisher nur gute Erfahrungen gemacht«, sagte Richard. »Kann es sein, daß ich dich gestern am Eiffelturm gesehen habe?«

»Eiffelturm? Ach ja, mit den Freunden aus Hongkong. Bildungsreise. Sehenswürdigkeiten. Führungen. Chinesen sind genausolche Pfennigfuchser wie unser Verleger. *Just a joke*, Alain, nicht böse gemeint.«

Er schenkte sich noch ein Glas ein, trank es in einem Zug aus und schien dann einzudämmern.

»Was Pivot betrifft, das wird leider nichts«, sagte Alain. »Aber er hat versprochen, dein Buch am Ende der Sendung in die Kamera zu halten. Das ist schon eine ganze Menge. Und *Le Parisien* widmet dir einen Artikel. Mit Foto. Und was hab ich sonst noch für gute Neuigkeiten? O ja, FNAC hat fünfzig Exemplare bestellt. Das ist ein Anfang.«

Aus dem Sessel war ein Schnarchen zu hören.

»Ich war so dumm, ihm gestern Geld für die Rückreise nach England zu geben. Natürlich ist er sofort in einer Kneipe versackt«, sagte Alain kopfschüttelnd. »Wenn er so weitermacht, geht es nicht gut aus mit ihm.«

»Fühlst du dich für ihn verantwortlich?«

»Das ist die Macht der Säufer. Du fühlst dich ganz allmählich verantwortlich für sie. Ich möchte, daß es ihm gutgeht. Er hat viel Talent, aber ihm fehlt das Selbstvertrauen.«

»Gibt es in England niemanden, der sich seiner annehmen könnte? Verwandte, Freunde?«

Das Schnarchen hörte abrupt auf.

»Bloody bourgeois bastards«, klang es aus dem Sessel. Christopher Burns versuchte, sich aufzurichten. »Die sehen mich lieber an meiner eigenen Kotze ersticken.«

Einen Augenblick lang stand er schwankend auf den Beinen, versuchte, nach der Flasche zu greifen und dabei das Gleichgewicht zu halten, und fiel dann der Länge nach über den Tisch. Sie zerrten ihn hoch.

»Awfully sorry.«

»Er kann so nicht auf die Straße«, sagte Alain. »Wir bringen ihn ins Archiv. Da kann er seinen Rausch ausschlafen.«

»Wenn er das jemals schafft.«

»Ich habe eine Idee«, sagte Alain, als sie wieder in sein Büro zurückgekehrt waren. »Aber zuerst dies.«

Er öffnete eine Flasche Wein, und sie tranken ein Glas – zwei Männer, die sich das leisten konnten, weil sie erwachsen waren und sich beherrschen konnten.

»Die Idee ist folgende. Dumm, daß ich nicht früher darauf gekommen bin. Würdest du mir für meine Reihe

Un amour à etwas schreiben? *Un amour à Amsterdam* beispielsweise? Amsterdam ist populär bei den jungen Leuten hier.«

»Die Coffeeshops. Dafür bin ich zu alt.«

»Es braucht sich nicht unbedingt in dem Milieu abzuspielen. Es geht darum, daß es einen Hauch von Authentizität hat, so nach dem Motto: Der Autor hat es selbst erlebt.«

»Das ist mir zu nah. Dann müßte ich über meine Frau schreiben.«

»Es braucht keine große Liebe zu sein. Eine kurze Affäre. Eine Begegnung im Van Gogh Museum.«

»Und wie erkläre ich das zu Hause?«

»Du willst mir doch nicht weismachen, daß deine Frau nicht weiß, was Fiktion ist.«

»Es ist schwierig, die eigene Stadt mit anderen Augen zu sehen«, sagte Richard. Er überlegte kurz. Vielleicht war er jetzt in einem Alter, in dem er mit einer gewissen Virtuosität schmalere Bücher produzieren konnte. Er wich auf eine andere Stadt aus.

»*Un amour à Anvers*. Was hältst du davon?«

»Antwerpen. Ginge auch, aber ich bin für Amsterdam.«

Es zeigte sich, daß Alain schon einen Vertrag vorbereitet hatte, mit einem verlockenden Vorschuß.

»Du könntest das Geld gleich mitnehmen«, sagte Alain.

»Ich werde darüber nachdenken«, sagte Richard. Für ihn war die Sache erledigt.

Er verabschiedete sich von Alain (»Vergiß Christopher nicht!«) und ging in den Nachmittag hinaus. Es fielen nur noch wenige Tropfen. Auf dem Weg zum Hotel trat er in eine Buchhandlung – sein Buch lag noch nicht da –

und kaufte den neuen Roman von Modiano. Wieder überwältigte ihn das Verlangen dazuzugehören. War es Schwäche, irgendwo dazugehören zu wollen? Er lief durch die enge Rue de la Huchette und sah, daß in dem kleinen Theater noch immer Ionescos *Kahle Sängerin* auf dem Programm stand. Damals hatten Tovèr und er das Stück gesehen, das mit allen Theaterregeln brach und die Pariser Kritik in begeisterte Anhänger und erbitterte Gegner spaltete. Die Kasse war geöffnet, und er kaufte eine Karte für den Abend. Im Hotel legte er sich bei eingeschaltetem Fernseher aufs Bett. Während er eindöste, sah er eine riesige, aus einer felsigen Landschaft aufragende Buddhastatue vor sich, die ihn unter sich zu begraben drohte.

Mitten in der Vorstellung der *Kahlen Sängerin* merkte er, daß er an andere Dinge dachte. Das Gefühl von früher, etwas Einmaliges zu erleben, kam nicht einmal für einen Augenblick zurück. Das Stück war, von der Zeit überholt, zu einer verstaubten Klamotte geworden. Es hatte seinen Glanz verloren, und das, gestand sich Richard gelassen ein, galt wahrscheinlich auch für ihn selbst.

10

Der Himmel über Paris war dunkel und drohend, aber die Galerie Delano badete im grellen Licht der Außenbeleuchtung. Obwohl Richard früh da war, standen schon die geladenen Gäste vor der Tür in einer Schlange, die sich langsam ins Innere schob. Er stellte sich an das Ende und wurde sofort von einem kamerabehängten niederländischen Fotografen angesprochen, der ihn offenbar einmal zu Hause in Amsterdam fotografiert hatte.

»Nicht vor dem Bücherschrank.« Richard fiel es plötzlich in einer Klarheit ein, wie so oft in solchen Situationen, wenn Landsleute sich im Ausland treffen.

»Das ist eines dieser Klischees.« Der Fotograf wiederholte die Worte, die Richard damals gesagt hatte. »Wie fanden Sie das Resultat?«

»Sehr gut«, sagte Richard, obwohl er bezweifelte, die Fotos jemals gesehen zu haben. »Bist du für eine Zeitung hier?«

»Für das Nationaal Persbureau. Ich mache eine Reportage über Niederländer in Paris. Tovèr und Sie dürfen darin natürlich nicht fehlen.«

Ein kahlköpfiger, uniformierter Sicherheitsbeamter verlangte von Richard eine Einladung, und die hatte er nicht. Nach ein paar vergeblichen Versuchen gelang es Richard, die Aufmerksamkeit der Galeristin auf sich zu lenken, die ihre Gäste hinter der Glastür begrüßte. Gleich darauf stand er vor ihr.

»Mein großer Dichter, mein Held«, sagte Brigitte Danmark und drückte ihn an sich. »Denk dran, du gehst hier nicht weg, bevor wir Zeit für ein intimes Gespräch hatten.«

Sie blickte ihn mit großen, warmen Augen an.

»Ich verspreche es«, sagte Richard. »Wo ist Tovèr?« Aber sie hatte sich schon dem nächsten zugewandt.

Seiner Intuition folgend, ging er in das kleine Büro, wo er Tovèr tatsächlich antraf. Er wurde gerade interviewt. Der Journalist blickte ihn ärgerlich an.

»Sorry. Wir sehen uns, wenn du fertig bist.«

»Nein, nein, komm rein. Dann kann er dir auch gleich ein paar Fragen stellen.«

Das Interesse des Journalisten galt indes nur Tovèr und den Leuten, die er vom Jetset kannte. Daß er malte, war eine Tatsache, das wußte jeder, darauf brauchte man nicht weiter einzugehen.

Nach und nach fanden immer mehr Leute den Weg ins Büro, unter ihnen auch Alain, mit Christopher Burns im Schlepptau, der schnurstracks auf Brigittes Hausbar zusteuerte und, unterstützt von der niederländischen Malerkolonie in Paris, sofort zu trinken anfing. Daß sein Verleger sich in Gesellschaft des Engländers sehen ließ, überraschte Richard. Was war mit den beiden? Auch ein niederländischer Maler war unter ihnen, dessen Ausstellung Richard vor Jahren in Arnheim eröffnet hatte.

»Es ist schwierig hier in letzter Zeit«, sagte dieser. »Paris ist am Arsch. Aber es ist die einzige Stadt, in der man leben kann. Und meine Kinder gehen hier zur Schule.«

Die Gespräche wurden lebhafter. Lachen ertönte, Glas klirrte. Die Gesellschaft vergaß immer mehr, wozu sie gekommen war, bis Brigitte ihren Kopf durch die Tür steckte.

»Der Botschafter ist da.«

Gehorsam verließen sie das Büro, allen voran Tovèr und Richard. Die Galerie hatte sich inzwischen gefüllt. Mit Mühe bahnten sie sich einen Weg durch die Menge, bis sie in einem der Räume den Botschafter erreichten. Er hielt hof vor einem Bild von Tovèr, auf dem sich zwei Frauen in einem Wald von Passionsblumen liebten.

»Meneer Sanders«, sagte der Botschafter. »Ich habe Ihre Bücher nicht gelesen, aber meine Frau ist eine große Verehrerin von Ihnen. Leider ist sie verhindert, was sie zutiefst bedauert. Soweit ich weiß, soll ich Ihnen Ihr eigenes Buch überreichen?«

»Wenn Sie so freundlich sein wollen.«

»Natürlich, natürlich. Mit Vergnügen sogar. Das gehört zu den angenehmen Aufgaben meines Amts. Um so mehr, als es sich um einen Landsmann handelt, der – wie sagt man heutzutage? – in Paris ankommt. Nun, ich glaube, daß es Zeit für ein paar passende Worte ist.«

Während der Botschafter routiniert von den Deltawerken an Rhein, Maas und Schelde über Delfter Blau, Tulpen, Vermeer und van Dongen bei Tovèr landete, ließ Richard seinen Blick über die Zuhörer schweifen, die sich in einem Halbkreis um den Botschafter, den Maler und ihn selbst versammelt hatten. Er kannte nur wenige von ihnen. Für einen Augenblick blieben seine Augen an einer Frau hängen, die vorn stand und Janis sein mußte, Tovèrs Freundin. Sie hatte die Hautfarbe ihres Großvaters, aber in ihrem Gesicht konnte er die Züge ihrer Großmutter erkennen.

Dann sah er sie, nach der er auf der Suche war: Sacha Lefort-van Munster. Ihr Gesicht war ganz und gar höfliche Aufmerksamkeit für den Redner. Sie wurde eingerahmt von Ernst Louwerts und einem jungen Mann (ihrem Freund, ihrem Ehemann?) mit modischer Punkfrisur, einer schwarzen Hornbrille und einem Ohrring. Richard nickte Sacha zu, sie lächelte zurück und richtete ihre Aufmerksamkeit wieder auf den Botschafter, der gerade sagte, die reiche niederländische Kultur habe nicht nur große Maler hervorgebracht, sondern auch große Schriftsteller, von denen einer hier heute abend anwesend sei, vielleicht noch nicht so bekannt in Frankreich, aber das würde sich sehr schnell ändern, wenn man seinen soeben bei unserem Freund Alain Mitron in französischer Übersetzung erschienenen Roman – Richard runzelte die Augenbrauen – *L'art d'oublier* gelesen habe. Kurz darauf hielt Richard sein Buch in der einen Hand und ein Glas Champagner in der anderen. Applaus erklang, das Stimmengewirr schwoll wieder an, und wenn er tatsächlich etwas hätte sagen sollen, so war es dafür jetzt zu spät. Er bahnte sich einen Weg zu Sacha, doch bevor er sie erreicht hatte, wurde er von Alain abgefangen, der ihn einer kleinen, dünnen Gestalt mit Nickelbrille und Hörgerät vorstellte.

»Pierre Baudru, Kulturredakteur von *Paris Dimanche*«, sagte Alain. »Er möchte dir ein paar Fragen stellen.«

Es konnte so aussehen, als würde er Sacha ignorieren, wenn er jetzt nicht sofort zu ihr ginge.

»Können Sie vielleicht einen Augenblick warten?«

Pierre Baudru schaute auf seine Uhr und machte ein bedenkliches Gesicht. Alain schien auch nicht gerade erfreut über Richards Vorschlag. Richard fühlte sich in die Enge getrieben. Er sah, wie Sacha und ihr Freund sich mit dem Botschafter unterhielten. Er winkte, um auf sich aufmerksam zu machen, aber sie bemerkte ihn nicht. Es war wie in einem Traum, in dem sich das Schiff mit der Geliebten vom Quai löst und er nicht an Bord ist.

»Im Büro ist es ruhig«, sagte Alain.

Richard mochte keine Interviews. Sie kamen immer im falschen Augenblick, zumal der Interviewer sich selten für dasselbe interessierte wie er. Journalisten gingen davon aus, daß man selbst die beste Informationsquelle für das eigene Werk oder, schlimmer noch, für die eigene Person war. Vor allem für die eigene Person, das war in Mode – ohne Zögern wurde angenommen, daß man für die Hauptfigur des Buches Modell gestanden habe. Der arme kleine Junge, der Mann mit dem Größenwahn – das war man selbst. Wie hätte man das Buch sonst schreiben können? Der Interviewer, als Vertreter des Lesers, konnte fiktive Literatur eigentlich nicht ausstehen und akzeptierte nicht, daß man sich alles aus den Fingern gesogen haben wollte – Lügen also, Flunkerei, das war etwas für kleine Kinder oder Gauner. Und daß die Informationen, die ein Autor auf beharrliches Nachfragen hin beispielsweise zu seinem neuesten Roman gab, ebenso unzuverlässig waren wie die Sprüche eines Wahrsagers über die Zukunft, war niemandem beizubringen. Sein neuer Roman, wovon handelte der doch gleich? Auch auf seine Werke, wenn sie denn einmal abgeschlossen waren, wandte Richard die Kunst des Vergessens an. Auf welcher Seite habe ich das denn geschrieben? Gemeinsames Blättern. O ja, hier. Mein Gott, habe ich das geschrieben? Gar nicht so schlecht. Er wußte nicht mehr über sein Werk als jeder zufällige Leser, vielleicht sogar weniger. Er hatte keinen Überblick, kannte sein Buch nur bruchstückhaft, eigentlich nur die Zeilen, die er dem Geschriebenen täglich hinzufügte. Er las sein Werk erst im Zusammenhang, wenn er die Fahnen korrigierte, aber dann im Hinblick auf Satzzeichen oder einzelne Wörter, bei denen etwas nicht stimmte, aber nicht auf das Ganze. Wenn das Buch erschienen war, las er es nicht noch einmal, weil er nicht an dem hängenbleiben wollte, was hinter ihm lag. Nein, das war zu einfach, genauer: Er traute sich nicht. Aus Angst, auf Schwachstellen zu stoßen, aus Unsicherheit, daß er nie mit seinem Schreiben Erfolg haben würde. Jahre später konnte es vorkommen, daß er eines seiner Bücher aus dem Regal nahm, mitten in der Nacht bei einem Glas Wein, und dann las er es gleichsam zum erstenmal. Manchmal eine angenehme Überraschung.

Pierre Baudru hatte kaum Fragen an ihn, wie sich zeigte, als sie sich im Büro gegenübersaßen. Er entschuldigte sich, daß er nicht so recht im Bilde war, was die *littérature flamande* betraf. Sollte Richard ihn korrigieren? Er verzichtete darauf. Es war keine Schande, zur flämischen Literatur gezählt zu werden, auch wenn man Niederländer war. »Ich werde Ihr Buch bestimmt lesen«, sagte Baudru, während er es flüchtig durchblätterte. »Mein Freund Alain sagt, daß es von hoher Qualität sei. Vielleicht wäre es besser, nach der Lektüre ein ausführlicheres Gespräch zu führen, an einem ruhigeren Ort.« Auf die Frage, ob er noch einige Zeit in Paris sei, blieb Richard die Antwort schuldig.

»Sacha Lefort«, sagte Ernst Louwerts. »Sacha, Richard Sanders. Aber ihr kennt euch, glaube ich?«

»Ja, aber das ist lange her«, sagte Richard.

Er fühlte, wie ihm das Blut in den Kopf stieg – noch immer wußte er kaum mehr von ihr als ihren Namen –, aber das mochte auch der Hitze zuzuschreiben sein, die in dem Raum herrschte, und dem Champagner, der ständig herumgereicht wurde.

»Damals hieß er noch Rik«, sagte Sacha. »Er war wild und stürmisch.«

Ernst Louwerts lächelte höflich. Sacha legte ihrem Begleiter mit der modischen Frisur und dem Ohrring den Arm um die Taille.

»Bruno, mein Sohn«, sagte sie.

»Enchanté.«

Richard und der junge Mann gaben sich die Hand. Der Sohn schaute ihn gelangweilt und arrogant an, als wäre er es müde, von seiner Mutter fremden Niederländern vorgestellt zu werden. Richard kannte diese Haltung. Er dachte an seine eigene Jugend zurück, wenn sein Vater ihn Theaterberühmtheiten, die ihn gleichgültig ließen und denen er nichts zu sagen hatte, vorstellte (»mein Sohn, der Dichter«). Sie gehörten zu einer Welt, die nicht die seine war, auch wenn er noch nicht wußte, welche Welt denn überhaupt die seine wäre.

»Eine so junge Mutter«, stotterte Richard. Er suchte nach Worten, die zu einer lockeren Konversation paßten, aber er fand sie nicht. In peinlichem Schweigen standen sie einander gegenüber, bis Sacha die Stille unterbrach.

»Bruno studiert Philosophie«, sagte sie.

»Oh, ja?« sagte Richard und hoffte, daß es sich interessiert anhörte. Bruno verzog das Gesicht, als hätte seine Mutter ihn verraten, während er dabeistand.

»Und er ist der, wie nennt man das, *lead singer* einer Rockgruppe, der er sich mit mehr *élan* widmet als seinem Studium. Stimmt's, Bruno?«

»So, so, eine Rockgruppe«, sagte der Greis, der Richard hieß.

Während Sacha und Bruno Lefort und er beieinanderstanden – Ernst Louwerts war schon wieder woanders damit beschäftigt, Kontakte zu knüpfen –, spürte Richard eine ängstliche Spannung, die er sich nicht erklären konnte, die aber nicht auf den eklatanten Mangel an Gesprächsstoff zurückzuführen war. Er nahm sehr wohl den musternden Blick wahr, den Sacha ihm und ihrem Sohn zuwarf – wie ein Filmregisseur, der sowohl auf die Schauspieler als auch auf die Kamera ein wachsames Auge hielt. Das fröhliche Stimmengewirr um sie herum war verschwunden. In ihrer Sprachlosigkeit, die vielleicht nur ein paar Sekunden dauerte, schienen sie wie erstarrt zu sein in einer stillstehenden Zeit. Er sah die trotz des hellbraunen Make-ups vor Müdigkeit bläulichen Schatten unter Sachas Augen. Sein Herz schlug, als wollte es zerspringen, und er begann, sich an etwas zu erinnern. Ein Morgen in einem Zimmer. Die Uhr der Kathedrale auf dem Handschoenmarkt schlug neun. Sacha lag im Bett, ihr Körper dem Schlaf hingegeben. Auf einem ihrer Schenkel glitzerte ein dünner Faden seines Samens. So leise, wie er konnte, zog er sich an. Der Lärm der Ausstellungseröffnung schwoll wieder an, und das Bild verschwand, ohne ihn jedoch ganz zu verlassen.

»Maman, il faut m'excuser«, sagte Bruno. »Ich habe noch eine Verabredung.« Er blickte auf die Uhr, wie um seine Worte zu bekräftigen.

»Ja«, sagte Sacha. »Geh nur.«

Mutter und Sohn küßten einander, Richard wurde die Hand gereicht.

»Es hat mich gefreut, Sie kennengelernt zu haben«, sagte Bruno erleichtert. »Viel Erfolg für Ihr Buch.«

»Diese Art von Veranstaltungen sind nichts für ihn«, sagte Sacha, als er fort war.

»Für wen sind sie das wohl!« sagte Richard. Jemand klopfte ihm auf die Schulter. Es war der niederländische Fotograf, der ein Foto von ihm und Tovèr machen wollte.

»Sorry«, sagte Richard zu Sacha. »Die Pflicht ruft.«

»Natürlich.« Es klang enttäuscht, nein, es war mehr. Als hätte sie nichts anderes erwartet, fände sich aber dennoch nur schwer damit ab. »Ich wollte sowieso allmählich nach Hause gehen.«

»Nein, nein, bleib, bitte. Ich möchte mit dir reden, ich habe mich an etwas in Antwerpen erinnert.« Er sprach diese Worte halb gegen seinen Willen aus. Nutzte es denn, an die Vergangenheit zu rühren? Aber er hatte etwas gutzumachen; für Sacha mußte es beleidigend gewesen sein, daß sie bei ihm offensichtlich keinen Eindruck hinterlassen hatte. Und das erotische Bild, das sein Gedächtnis gerade preisgegeben hatte, machte ihn neugierig auf den Rest der Geschichte, auch wenn seine Neugier fragwürdig war. Der Blick, den seine Erinnerung ihm soeben auf Sachas nackten Körper vergönnt hatte, markiert von den Spuren seiner Lust, weckte jetzt eine leichte Begierde in ihm, weit weg, im Hintergrund, schnell zu löschen, wenn sie nicht gelegen kam, aber doch … Er betrachtete ihr Gesicht, ihre Augen, aus denen die Enttäuschung gewichen war und die jetzt voller Erwartung waren, das junge Mädchen, das sie einst gewesen war, hatte sie noch nicht verlassen.

»Gut«, sagte sie. »Ich warte auf dich.«

Er ging hinter dem Fotografen her in einen anderen Raum, wo Tovèr sich aus einer Gruppe von Menschen löste, als er Richard kommen sah.

»Wir sollen fotografiert werden«, sagte Richard. »Zusammen.«

»Great«, sagte Tovèr. Sie stellten sich vor eines von Tovèrs Bildern und schauten ernst in die Linse. Tovèr legte einen Arm um Richards Schultern. Der Fotograf machte ein unzufriedenes Gesicht.

»Nein, so nicht. Hättet ihr was dagegen, kurz mit nach draußen zu kommen?«

»Ist es nicht zu dunkel?«

Der Fotograf aber war schon unterwegs.

»Als wir hier gelebt haben, hatte keiner von uns eine Kamera«, sagte Richard.

»Geld für Filme hatten wir auch nicht.«

»Und der einzige Fotograf, den wir kannten, machte Modefotos.«

Draußen regnete es wieder. Der Fotograf postierte sie auf der Bordsteinkante, gerade noch im Bereich des Lichts, das die Lampen an der Fassade der Galerie verbreiteten. Hinter ihnen, auf der anderen Straßenseite, eilten Menschen mit aufgespannten Regenschirmen vorbei, und durch einen Vorhang aus glitzernden Regentropfen flackerte das rote Neonlicht einer Leuchtreklame: Café-Tabac Le Tout Paris.

»Wunderbar«, sagte der Fotograf. »Wunderbar. Genauso bleiben. Und nicht so trübsinnig dreinschauen, meine Herren.«

»Nicht zu lange«, sagte Tovèr. »Wir sind bald klatschnaß.«

Richard machte das nichts aus. Am liebsten wäre er jetzt mit Tovèr in die Stadt gelaufen, die trotz des Wetters um diese Tageszeit vor Leben summte. Eine Zeitung an einem Kiosk auf den Champs-Elysées kaufen, dann in ein Café in einer Seitenstraße und einfach weitersehen. Vielleicht kehrte etwas von dem Gefühl von früher zurück, von ihrer selbstverständlichen Freundschaft, der Vorstellung, daß ihr Schicksal miteinander verknüpft war und daß die Welt offen vor ihnen lag.

»Weißt du noch, wie wir endlos durch Paris gelaufen sind?«

Tovèr ließ einen müden Seufzer hören und nickte. »Das ist, Gott sei Dank, nicht mehr nötig.«

Richard erschrak über die Antwort.

»Sehnst du dich nicht manchmal nach dieser Zeit zurück?«

»Nicht oft. Du denn?«

»Ja. Es läßt mich nicht los.«

»Mein Leben hat erst danach angefangen.«

Obwohl er sich dagegen wehrte (werd doch endlich erwachsen), wurde Richard von einer tiefen Enttäuschung erfaßt. Das Gefühl, von dem er dachte, daß es noch eines der wenigen Dinge sei, die er immer mit Tovèr teilen würde, existierte offenbar nur in seinem Kopf. Jetzt erst wurde ihm bewußt, wie groß der Abstand war, der ihn inzwischen von Tovèr trennte. Die Erkenntnis traf ihn wie ein Schock, gegen den er sich selbst schützen mußte. Innerlich nahm er Abschied von einer Freundschaft, von der nur noch wenig übriggeblieben war. Vielleicht hatte sie immer nur auf kleiner Flamme gekocht.

»Enough«, sagte Tovèr zum Fotografen, der gern noch weitergemacht hätte. Sie eilten wieder in die Galerie, wo Brigitte ihnen schon entgegenkam.

»Ah, da bist du, ich konnte dich nirgends finden«, sagte sie zu Tovèr. »Ich möchte dich einem wichtigen Kunden vorstellen. Richard, vergiß nicht, daß wir nachher im kleinen Kreis im Coupole essen. Du hast doch keine anderen Pläne, hoffe ich? Ich will von dir alles über niederländische Literatur erfahren. Und über andere Sachen.«

Die letzten Worte waren von einem schwülen Blick begleitet.

»Kann ich jemanden mitbringen?«

»Nur, wenn es keine Frau ist.«

Richard hatte keine Chance zu antworten, denn Brigitte war schon wieder verschwunden – was ihn der Pflicht enthob, mit gefrorenem Lächeln wieder einmal Höflichkeiten von sich zu geben, ein Spiel, das zur Konsequenz haben konnte, daß er aus lauter Höflichkeit am Ende des Abends doch noch mit der Galeristin im Bett landete.

Einen Augenblick lang stand er allein am Eingang der Galerie und zögerte, sich aufs neue unter die nicht kleiner, sondern nur lauter gewordene Menge der Gäste zu mischen. Wie viele Vernissagen, Buchpräsentationen, Film- und Theaterpremieren hatte er schon mitgemacht?

Noch nie hatte er sich dabei wohl gefühlt, aber sie gehörten zur Dekoration des Lebens, für das er sich einst entschieden hatte – oder in das er ohne viel eigenes Zutun hineingeschlittert war. Dieses Leben zog seine eigenen Verpflichtungen nach sich, obwohl er bezweifelte, daß es irgend jemanden kümmern würde, wenn er einer Gesellschaft, wo auf der Welt auch immer sie sich zusammenfand, den Rücken kehrte und nie wieder etwas von sich hören ließ. Eine dieser Verpflichtungen war Sacha, plötzlich aufgetaucht in seinem Leben, eine Freundin von früher, von der er nichts mehr wußte. Und hätte sie ihn nicht vor knapp drei Tagen angesprochen, dann hätte er in seliger Unwissenheit weitergelebt. Obwohl, nein. Die Wahrscheinlichkeit war natürlich groß, daß sie ihn auf dieser Vernissage an eine Phase seines Lebens erinnert hätte, die nicht zu den glücklichsten gehörte. Und gerade hatte er sie gebeten zu bleiben, also konnte er jetzt nicht weglaufen. So etwas tat man nicht, jedenfalls nicht mehr in seinem Alter.

Er staunte über das kindische Niveau seiner Überlegungen. Wovor hatte er Angst? Wovor wollte er fliehen? Wonach suchte er noch immer? Die Vorstellung, daß er im Schreiben einen Ort gefunden hatte, der allen Stürmen standhielt, erwies sich in einem Augenblick wie diesem als Illusion. Vielmehr hatte er sich, um bestehen zu können, von allen Winden treiben lassen, während er ihnen hätte trotzen müssen. Anstatt Paris zu verlassen, hätte er bleiben müssen, wie Tovèr es getan hatte, der sich dadurch das Recht auf ein gesundes Selbstbewußtsein erworben hatte, mochte seine Kunst etwas taugen oder nicht. Richard hatte seine Chance verpaßt und stieg seither eine schmale Treppe ohne Geländer hinauf. Aber vielleicht war seine Situation überhaupt nicht ungewöhnlich, vielleicht ging jeder so durchs Leben. Was die Sache nicht besser machte.

Wie aus dem Nichts hielt ihm die blasse Irena ein Tablett mit Champagnergläsern hin. Er nahm ein Glas und tauchte wieder auf aus der Woge der Verlorenheit, die ihn überspült hatte. *»This vernissage is a very serious affair«*, sagte Christopher Burns, der Irena und dem Champagner wie ein Hündchen folgte. Richard bezwang sich, ihm ein Bein zu stellen. Er holte tief Luft und ging auf die Suche nach Sacha, die irgendwo in der Menge auf ihn warten mußte. Die Wärme einer Frau – die brauchte er jetzt. Er mußte den Ball flachhalten, mit dem Ziel vor Augen, sich nicht von wirren Gedanken verunsichern zu lassen. Er holte Irena ein und nahm ein zweites Glas Champagner vom Tablett, fest entschlossen, den Rest des Abends in entspannter Fröhlichkeit zu verbringen.

Richard fand Sacha im letzten Raum, wo sie sich mit zwei schlanken jungen Männern unterhielt, die er als berühmte niederländische Modekönige kannte. Er blieb ein wenig entfernt von der kleinen Gruppe stehen. Nach kurzem, geduldigem Warten erblickte sie ihn und kam zu ihm.

»Also«, sagte sie. »Woran hast du dich erinnert?«

»An den Handschoenmarkt in Antwerpen.«

»Da hatte ich ein Zimmer.«

»Du lagst im Bett und schliefst. Es war Morgen, und ich zog mich an. Draußen war es neblig. Dieser dünne, wäßrige Nebel.«

»Du hast einen Zettel dagelassen.«

»Einen Liebesbrief?«

»Nicht unbedingt. ›Heute abend 10 Uhr Locarno‹ stand darauf. Und dein Name in etwas zittriger Schrift.«

»Ich nehme an, daß ich einen Kater hatte.«

»Bestimmt.«

Er erinnerte sich an die Brasserie an De Keyserlei. Spätabends nach der Vorstellung trafen sich die Schauspieler im Hinterzimmer vom Locarno, um zu trinken und zu essen. Wenn Premiere gewesen war, brachten sie ihre Blumen mit, die von den Kellnern in Vasen gestellt wurden. Er ging oft dorthin, mit seinem Freund Philippe, der in eine der Schauspielerinnen verliebt war. Sie blieben bis spät in der Nacht, denn solange sie dort saßen, blieb das Lokal geöffnet.

»Du warst Schauspielerin! Nun weiß ich es wieder.«

Aber Sacha schüttelte den Kopf.

»Soweit habe ich es nie gebracht. Ich war auf der Schauspielschule, aber ich hatte kein Talent.«

Sie schwieg und sah unglücklich aus.

»Ach, es hat keinen Sinn«, sagte sie. »Du erinnerst dich an gar nichts mehr. Ich hätte dich niemals ansprechen sollen, damals in Antwerpen nicht und jetzt nicht in Paris. Es war ein Irrtum.«

Richard hatte das Gefühl, daß es ihr ernst war, aber vielleicht trieb sie nur ein kokettes Spiel mit ihm.

»Die *potage Saint-Germain* im Locarno war sehr lecker«, sagte er leichthin. »Von dem *tartare préparé* ganz zu schweigen.«

Sacha lächelte nicht.

»Du bist nicht gekommen«, sagte sie.

»Das tut mir leid.«

»Seitdem habe ich dich nie wiedergesehen. Bis jetzt, hier in Paris.«

»Es war nicht die beste Zeit meines Lebens. Man kann vermutlich behaupten, daß ich immer betrunken war.«

»Das war mir nicht klar. Ich war in dich verliebt und schrecklich jung und naiv. Du warst die große Welt für mich.«

»Und ich habe dich im Stich gelassen. Ich habe mich offensichtlich wie ein Schuft benommen«, sagte er, bereit, sich bis aufs äußerste zu erniedrigen, wenn er damit verhindern konnte, daß die Vergangenheit ihm zu nahe rückte.

So einfach kam er nicht davon.

»Du landetest bei mir, manchmal mitten in der Nacht. Du brachtest immer etwas mit: Blumen, eine Schachtel Pralinen, Wein. Du sagtest, du seiest verrückt nach mir. Ich dachte ständig an dich, ich lebte in einem Traum.«

Richard seufzte.

»Langweile ich dich?«

»Nein. Es tut weh. Ich weiß nicht, was ich sagen soll.«

»Soll ich Mitleid mit dir haben?«

»Natürlich nicht. Hör zu, ich bin nachher ins Coupole zum Essen eingeladen. Kommst du mit?«

»Nein. Geh nur. Ich will dich nicht von deinen Freunden abhalten.«

Die Versuchung war groß, aber Richard durfte ihr nicht nachgeben. Sachas Geschichte war noch nicht zu Ende, und er konnte sich ihr nicht entziehen. Daß er sie einmal brüskiert hatte, reichte. Welche Übeltaten er sich auch würde anhören müssen, begangen an einem unschuldigen Mädchen, er mußte es durchstehen. Wer weiß, was geschah, wenn sie ihrem Herzen erst einmal Luft gemacht hatte. In der Unbekümmertheit, die auch ein Teil seines Wesens war, hatte ihn die Vorstellung, daß er die Nacht mit ihr würde verbringen können, hervorgerufen durch die Erinnerung an das Bild seines Samens auf ihrem Schenkel, noch nicht verlassen.

Er schaute sich um. Der Lärm der Menge hatte seinen Höhepunkt erreicht. Die holländische Kolonie, geborene Schmarotzer, half kräftig dabei mit. In einer Ecke des Raums wurde Tovèr schon wieder fotografiert, jetzt in zärtlicher Umarmung mit Janis – ein schönes Bild. Er sah Brigittes rotes Haar aus einem Kreis junger Maler hervorleuchten, die um ihre Gunst buhlten. Christopher Burns wankte vorbei, gestützt von Alain und Irena. Nicht ausgeschlossen, daß Richard einst dasselbe Bild abgegeben hatte.

»Auf der anderen Straßenseite ist ein Café«, sagte er. »Laß uns dorthin gehen. Hier ist es zu voll.«

Als Sacha van Munster nach einer Woche noch immer nichts von Richard Sanders gehört hatte, ging sie auf die Suche nach ihm. Fast die ganze Zeit über war sie in ihrem Zimmer geblieben, aus Angst, nicht zu Hause zu sein, wenn er überraschend klingeln würde, wie er es gewöhnlich tat, bei Tag oder mitten in der Nacht. Stundenlang hatte sie am Fenster gestanden und gehofft, daß er plötzlich auftauchte und sie in sein lachendes Gesicht blicken würde, wenn er nach oben schaute und sie sah. Dann würde sie, noch bevor er klingelte, die Tür öffnen und das beglückende Geräusch seiner Schritte auf der Treppe hören. Er würde alles erklären wollen, aber das war nicht nötig – wenn er nur da war. Manchmal mußte sie kurz einkaufen. Der Lebensmittelladen war genau gegenüber. Während sie ihre Besorgungen machte, verlor sie die Haustür nicht aus den Augen. Schließlich gestand sie sich ein, daß diese einsame Gefangenschaft zu nichts führte. Und weshalb sollte er sie sehen wollen? Weshalb sollte er ihre Gefühle teilen? Sie war nicht mehr als eine Freundin, wie gewonnen, so zerronnen. Sie erwartete zuviel. Er war vielleicht sieben- oder achtmal, nein, siebenmal, sie wußte es genau, bei ihr gewesen. Er war ihr Leben, aber sie mußte streng mit sich sein und die Wirklichkeit akzeptieren, und die Wirklichkeit war, daß sie nicht einmal wußte, wo er wohnte. Irgendwo in der Gegend vom Mechelsesteenweg, aber ich will nicht nach Hause, hatte er gesagt, als sie ihn jenes eine Mal früh am Morgen in der Leopoldstraat am Botanischen Garten buchstäblich vom Bürgersteig aufgelesen hatte. Jemand lief mit unsicheren Schritten vor ihr, und plötzlich hatten seine Beine versagt.

»Du hast dich eines unbekannten Säufers erbarmt«, stellte Richard fest.

Während Sacha an einem Tischchen hinten im Le Tout Paris ihre Geschichte erzählte, ließ er den Gedanken zu, daß sie über einen Mann sprach, den er nicht kannte und den er eigentlich auch nicht zu kennen wünschte, ein egozentrisches, alkoholisiertes Subjekt, ein feiger Vergewaltiger junger Frauen. Mit dieser Person wollte er nichts zu tun haben, dessen Haut hatte er längst abgestreift. Er legte seine Hand auf Sachas Hand, nur, um ihre Wärme zu spüren und um ihre Bereitwilligkeit zu testen, und machte ein schuldbewußtes Gesicht. Irgend etwas in ihm war immer noch zu fragwürdigen Streichen aufgelegt. Sie blickte ihn prüfend an und zog ihre Hand zurück.

»Ich habe dich erkannt, sonst hätte ich dich wahrscheinlich liegen lassen.« Sie zuckte die Schultern. »Vielleicht auch nicht, ich war damals sehr idealistisch.«

»Du hast mich erkannt?«

Noch während ihrer Schulzeit in den Niederlanden war sie einmal mit einer Freundin zu einem literarischen Abend gegangen, wo Richard seine Gedichte vortrug. Hinterher hatten sie seinen Lyrikband gekauft, sich aber nicht getraut, sie sich signieren zu lassen. Sie hatten sich beide in der schwärmerischen Art junger Mädchen in ihn verliebt. Sacha schnitt sein Foto aus der Zeitung aus und hängte es über ihr Bett, neben das von Hans Lodeizen, der schon vor Jahren gestorben war, und das von Gérard Philipe, der bald sterben würde. Zusammen mit ihrer Freundin malte sie sich aus, er, der Prinz auf dem weißen Pferd, würde sie beide mit sich nehmen, unbekannten Abenteuern entgegen. In der Schule sprachen sie in einem Code über ihn, der Versen aus seinen Gedichten entlehnt war. Es dauerte ein halbes Jahr. Sachas Freundin verliebte sich in einen Jungen, der, obwohl er in eine höhere Klasse ging, erreichbarer war. Da sie nun niemanden mehr hatte, mit dem sie ihn teilen konnte, hatte sich auch Sachas romantische Schwärmerei verflüchtigt. Einmal war sie noch zu einem Lyrikabend gegangen, wo Richard auftreten sollte, aber nicht erschien. Der Veranstalter des Abends sagte, er sei krankheitshalber verhindert.

In Antwerpen hatte sie noch eine Weile nach ihm gesucht. Sie irrte durch die Straßen um den Mechelsesteenweg, traf ihn aber nirgends. Abends ging sie ins Locarno. Auch da war er nicht. Sie fand seinen Namen nicht im Telefonbuch. Sie besuchte andere Cafés in der Stadt, die als Künstlercafés bekannt waren. Sie fühlte sich schwach und verloren und verzweifelt. Manchmal blieb sie in einem Café hängen und trank zuviel. Sie wurde von Männern angesprochen.

»Ich war wahrscheinlich schon wieder in den Niederlanden«, sagte Richard. »Ich habe Antwerpen Hals über Kopf verlassen.«

In einem dieser Cafés begegnete sie Jacques Lefort, einem französischen Kameramann, der an einer belgischen Filmproduktion mitarbeitete und der ihr, nachdem sie zweimal zusammen geschlafen hatten, vorschlug, mit ihm nach Paris zu gehen. Das tat sie. Es hatte keinen Sinn, noch länger in Antwerpen zu bleiben, alles schmerzte und verlangte nach einem endgültigen Bruch, wenn sie nicht in ihrem sie überwältigenden Kummer untergehen wollte. Sie mußte sich bewegen, nicht stillstehen. Sie brauchte eine Zukunft.

»Und in Paris hast du mich schnell vergessen«, sagte Richard, erleichtert, daß seine traurige Rolle in dieser Geschichte zu Ende war.

Sie schaute weg und biß sich auf die Unterlippe.

»Ich mußte weiter an dich denken. Das war unvermeidlich.«

Sie mußte weiter an ihn denken? Richard verstand nicht. Hatten die paar Male, die er mit ihr zusammengewesen war, solche tiefen Spuren in ihr hinterlassen, während er mit einem Blackout davongekommen war?

Dieser Gedanke machte ihm angst. Unvermeidlich? Das war keine Liebe, das war Obsession. Er witterte Unheil. Obsessionen konnte er nicht mehr brauchen in seinem Leben. Seine vage Absicht, am Ende des Abends den Versuch zu wagen, mit Sacha ins Bett zu gehen, die festere Formen angenommen hatte, während sie ihre Geschichte erzählt und Richard ihrer heiseren Stimme gelauscht und überlegt hatte, wie wohl ihre Brüste unter der Bluse aussahen, verflüchtigte sich auf der Stelle.

Er mußte so schnell wie möglich das Gespräch auf ein für ihn neutrales Terrain lenken, gleich weit entfernt sozusagen von seinem Bett und ihren Herzensergüssen wie »mußte weiter an dich denken« und »unvermeidlich«, die zu nichts führen konnten.

»Dein Mann … Jacques … War der nicht bei der Vernissage?« fragte er.

»Wir sind schon lange geschieden.«

»Als ich euch dort vorhin stehen sah, dachte ich einen Augenblick, daß Bruno dein Mann sei.«

Sacha blickte ihn prüfend an und legte jetzt ihrerseits die Hand auf die seine.

»Bruno ist dein Sohn«, sagte sie, und Richard wußte sofort, daß es stimmte, daß sich niemand so etwas ausdenken konnte, niemand außer dem Schicksal, das beharrlich auf seine Chance gewartet hatte und das sich nicht von ihm beherrschen ließ.

Seite 21, *Il est terrible* »Schrecklich / kracht ein hartes Ei das man auf der Theke zerschlägt / schreckliches Krachen / wenn es einen hungrigen Magen erregt …« Aus: Jacques Prévert, *So leben wir.* In: *Gedichte und Chansons.* Nachdichtungen von Kurt Kusenberg © 1962 by Rowohlt Verlag GmbH, Reinbek bei Hamburg, S. 56 f.

Seite 27, *L'étoile a pleuré* »Der Stern ließ in dein Ohr rosige Tränen fallen.« Aus: Arthur Rimbaud, *Sämtliche Dichtungen.* Aus d. Franz. v. Thomas Eichhorn. München 2002, S. 120 f.

Seite 44, *Maintenant tu marches* »Jetzt wanderst du durch Paris ganz allein in der Menge. / Herden von heulenden Autobussen rollen nahe an dir vorüber / Die Angst der Liebe würgt dir die Kehle / Als ob du niemals mehr geliebt sein solltest.« Aus: Guillaume Apollinaire, *Zone.* In: *Dichtungen.* Hg. v. Flora Klee-Palyi. München 1978, S. 18 f.

Seite 122, *Das Meer, das Meer* Das Zitat stammt von Willem Kloos. Es ist die vielzitierte erste Zeile seines Sonetts *Van de Zee* (1894).

Seite 124, *April in Paris* Das Gedicht *April in Paris* des flämischen Dichters Hugo Claus stammt aus dem Jahr 1951.

Remco Campert, geboren 1929, Sohn des Lyrikers Jan Campert, der 1943 im KZ Neuengamme ermordet wurde, und der Schauspielerin Joekie Broedelet. Nach der Scheidung der Eltern wuchs er abwechselnd in Den Haag und Amsterdam auf. Beschäftigte sich früh mit Poesie, Film und Jazz. Veröffentlichte 1951 seinen ersten Lyrikband *Vogels vliegen toch*. 1950–1966 Reisen durch Europa, längere Aufenthalte in Paris und Antwerpen. Gehörte zu den Gründern der Bewegung der »Fünfziger«. Verdiente sich seinen Lebensunterhalt mit Werbetexten, Übersetzungen und schrieb für verschiedene niederländische Zeitungen (*Vrij Nederland, Het Parool* u. a.). Seit 1966 wieder in Amsterdam, war als Herausgeber verschiedener Zeitschriften und Magazine maßgeblich am intellektuellen Diskurs in den Niederlanden beteiligt. 1969–1979 Lektor bei Bezige Bij. 1975–1983 Kolumnen in *Haagse Post*, ab 1984 Kolumnen in *Volkskrant*, seit 1996 täglich im Wechsel mit Jan Mulder. Veröffentlichte neben Lyrik auch Erzählungen und Romane, wurde seit 1955 mit zahlreichen Literaturpreisen ausgezeichnet. Campert gilt als der wichtigste Vertreter der niederländischen Lyrik.

Simon Vestdijk
Der kupferne Garten
Roman
Aus dem Niederländischen von
Marianne Holberg
368 Seiten. Gebunden

Simon Vestdijk (1898–1971), ein Klassiker der niederländischen Literatur, erzählt in seinem feinfühligen Roman *Der kupferne Garten* von der tragischen Liebe zwischen dem Sohn eines Richters und der Tochter eines erfolglosen Dirigenten in einer niederländischen Kleinstadt um 1900.

Niederländische Autorinnen und Autoren bei Arche

F. B. Hotz
Die Chaussee
Roman in Erzählungen
Ausgewählt und
aus dem Niederländischen von
Sibylle Mulot
288 Seiten. Gebunden. 2 Fotos

Mensje van Keulen
Die Glückliche
Roman
Aus dem Niederländischen von
Marianne Holberg
304 Seiten. Gebunden

Nicolaas Matsier
Selbstporträt mit Eltern
Aus dem Niederländischen von
Marianne Holberg
320 Seiten. Gebunden

Willem van Toorn
Als würde ich vor Glück ersticken
Aus dem Niederländischen von
Marianne Holberg
416 Seiten. Gebunden

Arche Kultur Reiseführer
Orte der Literatur, Musik & Kunst in Paris

Noël Riley Fitch
Die literarischen Cafés von Paris
Aus dem Amerikanischen von
Katharina Förs und
Gerlinde Schermer-Rauwolf
91 Seiten. Broschur
45 Abbildungen. 5 Karten

Anna Gruber
Bettina Schäfer
Spaziergänge über den
Père Lachaise in Paris
166 Seiten. Broschur
134 Abbildungen. 4 Karten

Mary Ellen Jordan Haight
Spaziergänge durch
Gertrude Steins Paris
Aus dem Amerikanischen von
Karin Polz
163 Seiten. Broschur
115 Abbildungen. 5 Karten